AF202312

Volker Jochim

Grün minus

Ein Mühlheim Krimi

Pieroths dritter Fall

Kriminalroman

© 2019 Volker Jochim
Umschlag, Illustration: tredition,
Volker Jochim (Foto)
Osiris Pendel

Verlag und Druck: tredition GmbH,
Halenreie 42, 22359 Hamburg

1. Auflage

ISBN
Paperback   978-3-7497-1330-1
Hardcover   978-3-7497-1331-8
e-Book   978-3-7497-1332-5

1

Es war unübersehbar Herbst geworden. Nach einem langen, überaus trockenen Sommer war es plötzlich Herbst.

Einen Übergang, wie man ihn früher noch kannte, gab es nicht mehr. Die Jahreszeiten wechselten beinahe über Nacht von einem Extrem ins andere.

Die Bäume hatten ihr braunes Laub bereits fast vollständig abgeworfen, was auf den nassen Straßen zu der einen oder anderen Rutschpartie führte. Besonders bei den zahlreichen Möchtegernrennfahrern, die nur zu oft Mühlheims Straßen mit dem Hockenheimring verwechselten.

Seit Tagen fegte ein nasskalter Wind durch die kleine Stadt und der Himmel zeigte sich nur noch in einem grauen Einerlei.

Für Henry A. Pieroth war das egal. Er verließ sein Haus im *Franzosenviertel* ohnehin nur wenn es unbedingt sein musste, aber jetzt hatte er eine passende Ausrede, wenn sein Freund und Assistent Frank Sommer ihn zu einem Spaziergang oder zum Einkaufen animieren wollte.

Als Sommer ihn seinerzeit überredete die Detektei zu eröffnen, hatte Pieroth darauf bestanden, dass er als sein Assistent auch mit im Haus wohnte und ließ eigens für ihn eine Einliegerwohnung und ein Büro im Souterrain einbauen.

Nun hatte er sich seit Tagen in seinem Büro vergraben und frönte seiner Lieblingsbeschäftigung, dem Studium der Fallakten unaufgeklärter Verbrechen.

Sommer bekam ihn nur zu Gesicht, wenn er ihm zwischendurch einen Kaffee brachte, oder beim gemeinsamen Frühstück oder Abendessen.

Ein neuer Fall war auch nicht in Sicht, da Pieroth seit Wochen alle Anfragen als uninteressant eingestuft und abgelehnt hatte.

Als uninteressant betrachtete er alles, was den Anschein des Normalen, Trivialen hatte, wie zum Beispiel ein ganz einfacher, gewöhnlicher Mord. Das war dann etwas für die Polizei und nicht für ihn.

„Wenn er das so weiter betreibt", dachte Sommer, „dann kann er die Detektei gleich schließen. Dann kommt bald niemand mehr."

***

Sommer war gerade auf dem Weg um Pieroth den nachmittäglichen Kaffee zu bringen, als die Türglocke ertönte.

Zuerst dachte er nicht daran zu öffnen, da er es ohnehin für sinnlos erachtete und er sich eine weitere

Ablehnung eines Hilfe suchenden Klienten ersparen wollte. Doch dann sagte ihm eine innere Stimme, dass er öffnen sollte.

Er stellte er den Kaffeebecher in der Diele ab und ging zur Haustür.

„Guten Tag. Sind Sie Herr Pieroth, der Privatdetektiv?"

Der kleine ältere Mann, der diese Frage gestellt hatte, trat nervös von einem Bein auf das andere und fühlte sich sichtlich unwohl in seiner Haut.

„Nein, ich bin Frank Sommer, sein Assistent und wenn Sie Herrn Pieroth bitte als Ermittler bezeichnen würden. Den Begriff *Detektiv* mag er nicht besonders."

Der Mann wurde noch nervöser.

„Was können wir denn für Sie tun?"

„Nun, es geht um meinen Vater…"

„In Familienangelegenheiten ermitteln wir nicht. Dies nur vorab", unterbrach ihn Sommer.

„Nun, eigentlich ist es ja eine Familienangelegenheit…"

„Na, dann auf Wiedersehen…"

„…aber es geht um einen möglichen Mord."

Sommer zog die Tür wieder auf. Jetzt war die Gelegenheit gekommen seinen Freund mit einem Fall zu überraschen. Wenn er ihn dann trotzdem nicht übernehmen wollte, dann sollte er dem Mann selbst seine Ablehnung ins Gesicht sagen.

„Wenn das so ist, kommen Sie bitte herein. Darf ich um ihren Namen bitten?"

„Mein Name ist Gustav Schönfelder."

Sommer nahm ihm Mantel und Hut ab, führte ihn zu Pieroths Büro und klopfte an.

Zuerst dachte er, sein Freund hätte sich heimlich aus dem Staub gemacht, doch dann tauchte sein Kopf hinter einem Berg Papier auf.

„Was gibt's denn?"

„Hier ist ein Mann, der dich sprechen möchte."

„Du weißt doch, dass ich keine Zeit habe. Schick ihn weg."

„Er steht schon hier draußen und du wirst ihn jetzt anhören. Dann kannst du immer noch entscheiden, ob du den Fall annimmst, oder dich weiter hinter deinen verstaubten Akten vergräbst."

„Na gut", stöhnte Pieroth. „Welchen Tag haben wir heute?"

„Montag, der Tag nach einem weiteren langweiligen und bedeutungslosen Wochenende."

Sommer ließ den Mann herein, räumte einen Stuhl frei und bat ihn Platz zu nehmen.

„Kaffee?"

„Danke, das wäre sehr freundlich."

„Sie sehen ja, dass ich sehr beschäftigt bin, Herr…?", begann Pieroth, als Sommer in Richtung Küche verschwunden war.

„Schönfelder, Gustav Schönfelder."

„Der Name sagt mir etwas."

„Ich bin Juniorpartner der Schönfelder Maschinenbau GmbH."

Pieroth musste schmunzeln.

„Wie ein Junior sieht der aber nicht gerade aus", dachte er amüsiert.

„Ach ja, die kenne ich. Was führt Sie zu uns? Mein Assistent hat Ihnen sicher gesagt, dass wir keine Familienangelegenheiten bearbeiten."

Der Mann nagte an seiner Unterlippe.

„Also grob betrachtet ist es eine Familienangelegenheit…"

„Dann können wir uns den Rest sparen."

„…aber in erster Linie geht es um einen Mord."

Pieroth lehnte sich in seinem Humphrey Bogart Gedächtnissessel zurück.

„Könnten Sie diese Aussage bitte präzisieren. Wer wurde wann ermordet und warum gehen Sie damit nicht zur Polizei?"

Schönfelder rutschte unruhig auf seinem Stuhl hin und her. Seine Suche nach der richtigen Formulierung wurde von Frank Sommer unterbrochen, der in diesem Moment den Kaffee brachte.

„Frank, würdest du bitte hier bleiben. Ich habe das Gefühl es könnte kompliziert werden."

Sommer setzte sich an einen Tisch vor der riesigen Pinnwand und schaltete sein kleines Aufnahmegerät ein.

„Also, Herr Schönfelder", drängte Pieroth, „erzählen Sie."

„Es ist so. Die Firma wird geleitet von meinem Bruder Ewald, meiner Schwester Dorothea Wiedmann und mir, aber unser Vater hatte noch eine im Gesellschaftervertrag verankerte Sperrminorität."

„Das ist bei Aktiengesellschaften zwar üblich, aber bei einer GmbH?"

„Er wollte es so, sonst hätte er die Leitung nicht an uns übergeben. Nun ist mein Vater vor zweieinhalb Wochen plötzlich gestorben und ich glaube, dass es kein natürlicher Tod war."

„Wie kommen Sie darauf? Wie alt war Ihr Vater, wenn ich fragen darf?"

„Vierundachtzig."

„Also ich bitte Sie, Herr Schönfelder. In dem Alter kann es durchaus sein, dass ein Mensch stirbt."

„Mein Vater war in einem sehr guten Gesundheitszustand und total fit. Der stirbt nicht so einfach."

„Wer hat denn den Totenschein ausgestellt?"

„Unser Hausarzt, Doktor Cornelius."

„Und welche Todesursache hat er festgestellt?"

„Multiples Organversagen. Und das ist es ja, was mich stutzig gemacht hat. Mein Vater war Kerngesund mit Ausnahme einiger Alterserscheinungen."

„Und die waren?"

„Arthrose in den Gelenken und kleinere Probleme beim, sie wissen schon…"

„Nein, weiß ich nicht."

„…beim Wasserlassen. Aber davon bekommt man kein multiples Organversagen, oder?"

„Das denke ich auch. Was sagt Doktor Cornelius dazu? Hatten Sie ihn darauf angesprochen?"

„Zuerst wollte ich das nicht. Ich bin schließlich medizinischer Laie und er eine Kapazität, aber dann tat ich es doch. Mit dem gebührenden Respekt versteht sich. Er bestand natürlich auf seiner Diagnose. Er ist ein anerkannter Mediziner. Er hat einen Namen."

Pieroth wunderte sich immer mehr über den kleinen älteren Mann, der da vor ihm saß. Wie konnte jemand mit so wenig Selbstvertrauen und Esprit solch eine Firma leiten?

„Und wann kam Ihnen der Gedanke, dass mit dem Tod Ihres Vaters etwas nicht stimmen könnte?"

„Eigentlich direkt, nachdem Doktor Cornelius einen natürlichen Tod diagnostizierte."

„Wenn Sie Bedenken hatten, warum sind Sie nicht zur Polizei gegangen?"

„Ich habe meinen Verdacht zuerst mit meinen Geschwistern besprochen. Die waren beide nicht sehr angetan und mein Schwager riet mir vehement ab, wegen des möglichen Skandals. Ich wollte mich damit nicht abfinden, meine Familie aber auch nicht vor den Kopf stoßen. Da erinnerte ich mich an Ihren Namen, den ich in Bezug auf Ihre Fälle in der Zeitung gelesen hatte. Und nun bin ich hier und bitte Sie um Hilfe. Es ist mir wahrlich nicht leicht gefallen."

Pieroth sah zur Decke und drehte sich mit seinem Sessel hin und her.

„Am Geld soll es nicht liegen", warf Schönfelder ein und hoffte ihn damit zu einem positiven Entschluss zu bewegen.

Pieroth beugte sich vor und sah dem Mann ins Gesicht.

„Das spielt keine Rolle bei meiner Entscheidungsfindung. Das regelt ohnehin Herr Sommer. Mir kommt es alleine darauf an, ob mich ein Fall interessiert und dieser tut es."

„Sie nehmen also an?", fragte Schönfelder aufgeregt.

„Ja. Den Bürokram wie den Vertrag et cetera macht Herr Sommer mit Ihnen. Ich hätte nur noch ein paar Fragen."

„Ja, natürlich. Vielen Dank, Herr Pieroth."

„Zuerst brauche ich die Adressen und Telefonnummern Ihres Bruders, Ihrer Schwester und von Doktor Cornelius. Herr Sommer wird alles notieren. Hat Ihr Vater alleine gewohnt?"

„Ja, seit dem Tod unserer Mutter vor vier Jahren lebte er alleine in seinem Haus. Also mit seinem Personal. Ich hatte ihm zwar angeboten zu mir zu ziehen, aber er lehnte ab."

„Dann benötige ich auch diese Adresse und die Namen der Angestellten. Haben Sie einen Schlüssel für das Haus?"

„Ja, warum?"

„Ich werde mich dort umsehen müssen. Ich nehme an, dass Ihr Vater dort verstorben ist?"

„Ja, in seinem Schlafzimmer. Das Mädchen wollte ihm seinen Kaffee bringen und fand ihn leblos im Bett."

„Dann geben Sie bitte Herrn Sommer den Schlüssel. Und nun entschuldigen Sie mich."

Herr Schönfelder bedankte sich mehrmals und Sommer geleitete ihn hinunter in sein Büro, um die Formalitäten zu erledigen und die Adressen der

Verwandtschaft und der Angestellten zu notieren.

„Endlich wieder ein Fall", dachte er, als er den ersten Klienten seit Wochen zur Haustür gebracht hatte.

Als Frank Sommer zurück in Pieroths Büro kam, war sein Freund gerade damit beschäftigt das Chaos, das er dort in letzter Zeit angerichtet hatte, wieder aufzuräumen. Er schien es tatsächlich ernst zu meinen mit diesem Fall.

„Was ist an dem Fall so interessant, dass du bereit bist dich damit zu beschäftigen? Ich dachte schon, du verlässt dein Büro nie mehr."

„Erstens klingt dieser Fall sehr vielversprechend und zweitens werde ich das Haus auch jetzt nur verlassen, wenn es absolut unumgänglich ist."

„Könntest du einen kriminalistischen Laien wie mich auch an deinen Überlegungen teilhaben lassen? Wochenlang lehnst du die schönsten Fälle ab und bei diesem hier bist du sofort dabei, obwohl ich bisher nicht sehe, was daran so interessant sein soll. Ein etwas verwirrt wirkender älterer Mann behauptet, dass man seinen Vater ermordet hat, der laut der Diagnose eines renommierten Arztes auf natürliche Weise das Zeitliche segnete."

Pieroth sah seinen Freund an und musste schmunzeln.

„Du musst lernen zuzuhören."

„Ich denke, ich habe alles gehört. Ich bin ja nicht taub."

„Du hast akustisch alles verstanden, aber inhaltlich nicht das, worauf es ankommt. Er hat uns unbewusst ein mögliches Motiv für einen Mord genannt, falls es denn einer war. Und das möchte ich erst einmal herausfinden."

„Welches Motiv?", fragte Sommer irritiert.

„Die Schönfelder GmbH ist eines der größten Unternehmen dieser Branche in ganz Hessen und wird trotzdem immer noch patriarchalisch geleitet. Eigentlich in der heutigen Zeit nicht mehr vorstellbar."

„Aber die Firma wird doch von den drei Geschwistern geleitet."

„Ja, aber der Vater hatte eine Sperrminorität und konnte damit alle wichtigen Entscheidungen der drei Geschäftsführer blockieren. Da ist es doch möglich, dass jemand den alten Mann aus dem Weg räumte, damit man freie Bahn hat. Für was auch immer."

„Ach so, du verdächtigst die Familie. Aber dieser Herr Schönfelder war doch selbst so erzkonservativ. Dem würde ich solche Ideen nicht zutrauen."

„Aber vielleicht den anderen. Wir müssen uns schnellstens ein Bild von der ganzen Familie machen. Leg am besten von jedem ein Dossier an. Und wir brauchen Einblick in die Finanzen der Firma und der Familienmitglieder. Das Unternehmen übernehme ich. Das kann der Geschäftsführer meiner Firma machen."

„Und wie soll ich ohne richterlichen Beschluss an die Bankdaten der Familie kommen?"

„Frank, die Banken haben alle Computer und du bist der Spezialist auf dem Gebiet. Du hast doch Informatik studiert. Muss ich noch mehr dazu sagen? Ja, ich weiß dass es illegal ist", hob Pieroth abwehrend die Hände, als er den Blick seines Freundes sah, „aber es muss sein. Es sei denn, die Familie gewährt dir freiwillig Einblick, was mich aber sehr wundern würde."

„Na gut, ich sehe zu was ich machen kann. Ich nehme den Wagen."

2

Nachdem Sommer gegangen war, rief Pieroth seinen Treuhänder an, dem er die Leitung seiner Firma anvertraut hatte und beauftragte ihn alles über die finanziellen Verhältnisse der Schönfelder GmbH in Erfahrung zu bringen.

Seine Firma, eine international vernetzte Beteiligungsgesellschaft, erbte er von seinen Eltern, die während seiner Studienzeit bei einem Flugzeugabsturz ums Leben kamen. Dazu kam noch ein beträchtliches Vermögen, was ihn finanziell unabhängig machte.

Er ging zurück in sein Büro, setzte sich in seinen Sessel und starrte die Pinnwand an, die er mittlerweile leergeräumt hatte und versuchte den Anfang eines roten Fadens zu finden.

***

Frank Sommer suchte als erstes ihren Auftraggeber Gustav Schönfelder auf, der mittlerweile wohl wieder zu Hause eingetroffen sein sollte und der ein für seine Verhältnisse bescheidenes Haus am östlichen Rand von Dietesheim bewohnte. Eine junge Frau öffnete ihm die Tür.

„Sie wünschen?"

„Ich möchte gerne Herrn Schönfelder sprechen."

„In welcher Angelegenheit?"

„Das sage ich ihm besser selbst. Ist er da? Könnten Sie ihm dann bitte Bescheid sagen?"

Das Mädchen sah ihn misstrauisch an.

„Wen darf ich melden?"

„Frank Sommer, hier ist meine Karte."

Das Mädchen entpuppte sich als Hausangestellte und nicht als die Enkelin, wie er vermutet hatte.

Sie betrachtete die Karte mit argwöhnischem Blick, dann ließ Sie ihn eintreten.

„Warten Sie bitte, ich frage Herrn Schönfelder, ob er Sie empfangen möchte."

Damit entschwand sie in einen langen Flur, an dessen Ende sie eine Schiebetür öffnete. Kurz darauf erschien sie wieder und winkte ihn herbei.

„Herr Schönfelder lässt bitten."

Sommer betrat den großen Raum. Gustav Schönfelder saß in einem ledernen Ohrensessel und paffte eine dicke Zigarre, die den ganzen Raum schon eingenebelt hatte.

„Ich kam gerade erst zurück. Kommen Sie näher. Nehmen Sie Platz. Was kann ich denn noch für Sie tun?"

Der Begriff *noch* irritierte Sommer etwas, denn was hatte er bisher getan, außer sie zu engagieren?

„Eine ganze Menge, fürchte ich. Sie haben uns ja eben erst beauftragt und wir fangen daher gerade mit den Ermittlungen an. Wir werden Sie wohl noch des Öfteren belästigen müssen."

Sommer rückte diskret einen Stuhl aus dem direkten Dunstkreis der Zigarre und setzte sich.

„Kommt Herr Pieroth denn nicht selbst?"

„Nein, ist auch nicht nötig. Ich arbeite ihm zu. Das ist mein Job. Außerdem hatten Sie ja vorhin mit ihm gesprochen."

Irgendwie schien diese Vorstellung Schönfelder nicht sonderlich zu gefallen, aber nach einem kurzen Moment des Zögerns hatte er sich wohl mit diesem Umstand arrangiert.

„Aha. Na dann. Was möchten Sie noch wissen?"

Schon wieder dieses *noch*. Als wären die Ermittlungen, die er selbst beauftragt hatte, ihm jetzt schon lästig.

Durch die Rauchschwaden hindurch versuchte Sommer die Mimik seines Gegenübers zu beobachten. Pieroth war der Meinung, dass die Mimik eines Menschen bei einer Befragung oder einem Verhör mehr sagt, als ein ganzer Roman es auszudrücken vermag. Also versuchte er es auch.

Er überlegte einen Moment, wie er die erste und unangenehmste Frage stellen sollte, dann räusperte er sich und gab sich einen Ruck.

„Zuerst möchte ich Sie fragen, ob Sie bereit wären, uns Einblick in Ihre persönliche finanzielle Situation zu gewähren."

Jetzt war es raus und Schönfelder schien konsterniert.

„Nein, natürlich nicht!"

Der Ton hatte eine Schärfe, die er dem Mann gar nicht zugetraut hätte.

„Warum? Was wollen Sie damit? Was hat das mit dem Tod meines Vaters zu tun?"

„Wahrscheinlich nichts, aber wir wollen uns ein umfassendes Bild aller in diese Sache involvierten Personen machen."

„Wenn es, wie Sie sagen, nichts damit zu tun hat, ist die Sache damit wohl erledigt. Haben Sie noch weitere Fragen?"

Der Ton war gereizt.

„Ja, welche Todeszeit wurde von Doktor Cornelius angegeben?"

„Einen Moment bitte, da muss ich den Totenschein holen."

Er stemmte sich aus dem Sessel und ging zu einer großen Kommode. Dabei produzierte er weitere Qualmwolken, wie bei einer Dampflock in der guten alten Zeit. Er öffnete die oberste Schublade und entnahm ihr ein Blatt Papier.

„Hier, bitte."

„Danke."

Sommer überflog den Schein.

„Hier steht zwischen Mitternacht und zwei Uhr morgens. Wer war zu diesem Zeitpunkt noch im Haus?"

„Nur das Mädchen. Sie hat ein Zimmer im Haus und sie hat ihn ja auch gefunden. Die anderen Angestellten wohnen außer Haus."

„Und wann haben Sie ihren Vater das letzte Mal lebend gesehen?"

„Am Tag vorher in der Firma. Ihm war etwas unwohl und er ging nach Hause."

„Könnte ich mir eine Kopie des Totenscheins machen?"

„Ich habe kein Kopiergerät im Haus, aber Sie können ihn mitnehmen. Ich brauche ihn nur wieder zurück."

„Natürlich. Ach, was ich noch fragen wollte, wurde eine Obduktion durchgeführt?"

„Nein, warum auch?"

„Na, Sie sagten doch, dass Sie von Anfang an Zweifel an einem natürlichen Tod hatten."

„Ja, das ist richtig, aber meine Geschwister hätten dem nie zugestimmt und ich hätte das Urteil von

Doktor Cornelius infrage gestellt."

„Aber das tun Sie doch gerade."

„Doch nur Ihnen und Herrn Pieroth gegenüber."

„Gut, dann müsste ich nur noch wissen, wo Sie sich zum Zeitpunkt des Todes befanden."

„Wollen Sie mich jetzt etwa verdächtigen?", fuhr Schönfelder auf.

„Nein, keineswegs. Das sind nur Routinefragen, die wir jedem stellen. Wir müssen uns ein Bild der letzten Stunden Ihres Vaters machen."

„Ach so. Ich kam gegen neun Uhr direkt aus der Firma hierher und habe das Haus auch nicht mehr verlassen."

„Kann das jemand bezeugen?"

„Reicht Ihnen mein Wort etwa nicht?"

„Doch, doch", versuchte Sommer zu beschwichtigen, „aber Zeugen sind immer gut."

„Das Mädchen. Sie brachte mir noch etwas zu essen und ging dann."

„Danke. Das war es vorerst. Bleiben Sie sitzen, ich finde hinaus."

„Henry hatte wohl recht. Ich werde mich wohl oder übel an den Computer setzen müssen", dachte Sommer betrübt, als er wieder im Wagen saß und durch die schmalen Gassen zurück auf die Hanauer Straße kurvte.

***

Als nächstes wollte Sommer die Schwester, Dorothea Wiedmann, aufsuchen. Ihr Bruder war der Meinung, dass man sie um diese Zeit wahrscheinlich zu Hause antreffen könnte.

Die Wiedmanns bewohnten eine dieser luxuriösen Eigentumswohnungen mit Mainblick und eigenem Bootsanleger, die am Frankfurter Westhafen entstanden sind.

Um dorthin zu gelangen, musste man durch ein Viertel fahren, in das sich früher bei Nacht nicht einmal die Polizei getraut hätte. Wie sich die Zeiten ändern.

Sommer drückte den Klingelknopf auf einem Edelstahltableau und kurz darauf hörte er eine blecherne Stimme aus der Gegensprechanlage.

„Ja bitte."

„Guten Tag, mein Name ist Frank Sommer von der Detektei Pieroth. Frau Wiedmann?"

„Ja."

„Ihr Bruder hat uns beauftragt, den Tod Ihres Vaters zu untersuchen."

Kurzes Schweigen, dann knackte es erneut.

„Welcher meiner Brüder hat Sie beauftragt?"

„Gustav. Von ihm komme ich gerade. Könnten Sie mich bitte hereinlassen, ich möchte keine Details auf der Straße herumschreien."

„Können Sie nicht ein anderes Mal kommen? Wir müssen gleich weg."

„Ich auch. Ich habe nicht vor hier zu übernachten. Also?"

Nach ein paar Sekunden ertönte der Summer. Die Wohnung lag im obersten Stockwerk. Zum Glück funktionierte der Aufzug. Bei der Ausstattung des Gebäudes konnte man das ja wohl auch erwarten.

Oben empfing ihn eine mürrisch dreinblickende Frau unbestimmten Alters. Sie trug eine legere dunkelblaue Hose, eine blauweiß geblümte Bluse und blaue Slipper aus Wildleder. Damit sah sie nicht so aus, als ob sie gerade eiligst fort müsse. Schon gar nicht bei diesem Wetter.

„Guten Tag. Ich bin Dorothea Wiedmann. Kann ich Ihren Ausweis sehen?"

Nachdem sie sich überzeugt hatte, dass Sommer auch Sommer war, bat sie ihn herein.

Die Wohnung war spartanisch modern eingerichtet und alles machte einen sehr teuren Eindruck. An den Wänden hingen abstrakte Gemälde, die bestimmt ein Vermögen wert waren. Das hätte er bei der Schwester von Gustav Schönfelder garantiert nicht vermutet.

Ein sportlich aussehender Mann von etwa fünfzig

Jahren erhob sich aus einem sehr modernen, aber auch sehr unbequem aussehenden Sitzmöbel und streckte ihm die Hand entgegen.

„Andreas Wiedmann, guten Tag. Was können wir für Sie tun?"

Sommer wandte sich der Ehefrau zu.

„Wie ich eben schon sagte, hat Ihr Bruder uns beauftragt Nachforschungen zum Tod Ihres Vaters anzustellen."

„Ich hatte ihn so gebeten das nicht zu tun", fuhr Wiedmann auf um sich resigniert gleich wieder zu setzen.

„Also wussten Sie davon?"

„Ja, er kam mit seinem Verdacht zu uns und wir versuchten es ihm auszureden. Wenn das an die Öffentlichkeit kommt…ein Skandal."

„Aber wenn er recht haben sollte…"

„Ach was", sagte Dorothea bestimmt, „Doktor Cornelius hat eindeutig eine natürliche Todesursache festgestellt und damit ist die Sache erledigt. Sie können die Nachforschungen einstellen."

„So einfach geht das nicht."

„So? Und warum nicht?"

„Erstens sind Sie nicht der Auftraggeber und nur der könnte uns von den Nachforschungen entbinden und zweitens bezweifle ich, dass mein Chef das dann auch tun würde. Wenn der sich einmal irgendwo festgebissen hat…"

„Also?"

„Also was?"

„Wieviel? Sagen Sie schon."

„Ich glaube Sie missverstehen mich. Mein Chef nimmt zwar gelegentlich auch ein Honorar, aber er ist absolut nicht käuflich. Geld spielt für ihn keine bedeutende Rolle."

„Dann tun Sie halt, was Sie nicht lassen können", meldete sich der Mann aus seinem Sessel, „aber bitte diskret."

„Diskretion ist bei uns oberstes Gebot."

„Na gut, was wollen Sie von uns?"

Sommer glaubte jetzt eine gewisse Routine für diese Art von unangenehmer Befragung zu haben und legte unbefangen los.

„Nun, zuerst möchten wir uns ein Bild aller involvierten Personen machen. Dazu müsste ich Einblick in Ihre persönliche finanzielle Situation haben, falls Sie einverstanden sind."

„Nein, natürlich nicht!", ereiferte sich Dorothea. „Ich wüsste auch nicht, was das mit dem Tod meines Vaters zu tun hat."

„Das hat Ihr Bruder auch gesagt. Nun gut. Haben Sie auch eine Position in der Firma?", wandte sich

Sommer wieder an Dorotheas Mann.

„Ja, ich bin Anlage- und Steuerberater des Unternehmens."

„Passt ja prima zusammen."

„Wie meinen Sie das?"

„Och, nur so."

„War es das jetzt?"

„Nur noch zwei Fragen. Wann sahen Sie Ihren Vater zuletzt lebend?"

„Am Tag vor seinem Tod in der Firma."

„Ah, wie Ihr Bruder Gustav."

„Ja, wir hatten eine turnusmäßige Besprechung und mein Bruder Ewald war auch dabei. Vater ging es nicht so gut und er verließ die Firma frühzeitig."

„Hatte er das öfter?"

„Was?"

„Na, dass es ihm nicht gut ging."

„Erst in letzter Zeit. Da hatte er gelegentlich auch ein paar Aussetzer."

„Wie darf ich das verstehen?"

„Sie wissen doch, alte Leute haben manchmal Gedächtnislücken."

„Ach so. Gut, dann müsste ich noch wissen, wo Sie beide sich zum Zeitpunkt seines Todes aufhielten."

„Was, Sie verlangen ein Alibi von uns?", echauffierte sie sich und Sommer hob sofort abwehrend die Hände.

„Nein, das ist reine Routine. Es dient nur dazu, dass wir uns ein Bild der Gesamtsituation machen können."

„Na gut", meldete sich Ihr Mann wieder, der ihn offenbar möglichst schnell wieder loswerden wollte. „Wir waren in der Oper und anschließend noch etwas trinken."

„Was wurde denn gespielt?"

„*Norma* von Bellini."

„Kann das jemand bezeugen?"

„Ich glaube kaum, dass sich irgendwer von den Besuchern an uns erinnert. Nur der Kellner im *Druckwasserwerk* hier vorne an der Ecke könnte das bestätigen. Dort waren wir bis gegen ein Uhr. Dann sind wir ins Bett."

Sommer erhob sich.

„Gut, das war es vorerst. Vielen Dank."

***

Was er bisher erreicht hatte war mehr als dürftig, auch wenn der Kellner die Angaben der beiden bestätigt hatte.

Ein Blick auf seine Uhr verriet ihm, dass er nun auch Bruder Ewald Schönfelder zu Hause antreffen würde. Die Befragung der Angestellten wollte er auf den nächsten Tag verschieben.

Er stellte den alten Jaguar in der Einfahrt vor einem schmucken Bungalow in Götzenhain ab. Der Herr des Hauses öffnete ihm selbst die Tür.

„Meine Schwester hat mich schon vorgewarnt", begrüßte er Sommer.

„Kommen Sie herein."

Schönfelder bugsierte seinen Gast in einen großen Raum, der Unmengen an Büchern beherbergte.

„Meine kleine Bibliothek", untertrieb er, aber mit Stolz in der Stimme.

„Donnerwetter! *Klein* würde ich jetzt nicht gerade sagen."

„Jeder hat so sein Hobby. Ich investiere mein Geld eben in Bücher. Bitte nehmen Sie Platz."

Sommer fläzte sich in einen der englischen Ledersessel.

„Sie wohnen ziemlich abseits."

„Ich habe es günstig bekommen."

„Verstehe."

„Um die Sache abzukürzen sage ich Ihnen gleich, dass ich ohne richterlichen Beschluss keinen Einblick in meine Finanzen gewähren werde."

„Dachte ich mir schon. Ich frage mich nur, was Sie alle zu verbergen haben?"

„Nichts, Herr Sommer. Ich mache nur von meinem Recht Gebrauch. Das ist alles."

„Na gut, kommen wir also zu den übrigen Fragen. Sie haben Ihren Vater wahrscheinlich auch bei dieser Sitzung am Tag vor seinem Tod das letzte Mal lebend gesehen, richtig?"

„Genau."

„Und wo waren Sie zum Zeitpunkt seines Todes?"

„Hier. Ich war alleine und habe somit kein Alibi."

„Sie haben keine Angestellten im Haus?"

„Eine Putzfrau kommt dreimal pro Woche. Mehr brauche ich nicht. Kochen kann ich selbst, aber meistens gehe ich essen."

„Noch eine letzte Frage, Herr Schönfelder. Wie lief das in der Nacht ab, als Ihr Vater starb?"

„Was meinen Sie?"

„Wann wurden Sie von wem informiert und wann sind Sie im Hause Ihres Vaters eingetroffen?"

„Ach so. Mein Bruder rief mich früh am Morgen an. Ich wollte gerade in die Firma fahren. Ich fuhr dann direkt zum Haus meines Vaters. Gustav erzählte mir, dass er vom Hausmädchen gefunden wurde und Doktor Cornelius, das ist unser aller Hausarzt, ihn gerade untersucht."

„War Ihre Schwester auch schon da, als Sie kamen?"

„Nein, sie und ihr Mann kamen kurz darauf."

„Was halten Sie von der Vermutung Ihres Bruders?"

„Ehrlich gesagt nichts, aber wenn er der Sache nachgehen will..."

„Danke, das war es auch schon."

Sommer wuchtete sich aus dem tiefen Sessel und Schönfelder brachte ihn zur Tür.

3

Der Abend dämmerte schon, als Frank Sommer den Wagen in die Garage fuhr. Danach ging er direkt in Pieroths Büro.

Der saß immer noch in seinem Sessel und starrte die Pinnwand an. Offenbar hatte er sich in der ganzen Zeit nicht bewegt.

„Wird auch Zeit. Was hast du herausgefunden?"

„Entschuldige, während du dich hier ausgeruht hast, bin ich einmal quer durch das Rhein-Main Gebiet gefahren."

„Nun übertreib mal nicht so."

„Zuerst war ich bei unserem Auftraggeber. Er wohnt in Dietesheim in einem doch recht bescheidenen Haus, aber mit Blick auf den Main."

„Nicht jeder Geschäftsführer einer großen Firma muss auch in einem Schloss wohnen."

„Das Haus spiegelt den Eindruck wieder, den wir hier von ihm gewonnen haben. Konservativ und seriös."

„Hat er Hausangestellte?"

„Ja, ein Mädchen, das aber nicht dort wohnt. Sein Alibi zur Todeszeit stützt sich auf das Mädchen. Er kam wohl so gegen neun Uhr nach Hause und sie servierte ihm noch ein Abendessen. Dann ging sie. Er behauptet das Haus danach nicht mehr verlassen zu haben."

„Gut, ich gehe davon aus, dass er der erste war, der am nächsten Morgen zum Haus seines Vaters kam."

„Richtig. Das Mädchen des Vaters, sie hat übrigens ein Zimmer im Haus, hat ihn gleich als ersten informiert, nachdem sie den Doktor geholt hatte. Er rief dann seine Geschwister an."

„Wurde eine Obduktion durchgeführt?"

„Nein, da laut Totenschein eine natürliche Todesursache vorlag."

„Stimmt, das sagte er ja, aber ich verstehe es nicht. Er hatte doch gleich einen Verdacht."

„Ja, aber er wollte das Urteil des Doktors nicht infrage stellen und außerdem hätten seine Geschwister nie zugestimmt."

„Mmh", brummte Pieroth und starrte wieder an die Wand.

„Wo warst du dann?"

„Bei der Schwester. Ihr Mann war auch zu Hause. Sie wohnen in einem dieser Luxusappartements mit Mainblick und eigenem Bootsanlegesteg am ehemaligen Frankfurter Westhafen. Die Wohnung ist modern und teuer und *sie* ist das komplette Gegenteil ihres

Bruders. Typ modebewusste Businessfrau. Dezent aber teuer. Die Wohnung ist mit diesen unbequemen Designermöbeln eingerichtet und an den Wänden hängt ein Vermögen in abstrakter Kunst."

„Nur kein Neid", lachte Pieroth.

„Ich bin nicht neidisch. Das einzige, was mir an der Wohnung gefallen hat, war der Ausblick. Sie haben beide ein Alibi. Sie waren in der Oper und anschließend in einem Szenelokal etwas trinken. Der Kellner konnte das bestätigen. Sie bestätigte im Übrigen auch die Aussage ihres Bruders, dass der Vater am Tag vor seinem Tod über Unwohlsein klagte und deshalb nach Hause ging. Außerdem sagte sie noch, dass ihr Vater in letzter Zeit häufiger unter Vergesslichkeit litt."

„Interessant. Fehlt noch Bruder Ewald."

„Der wohnt alleine in einem schönen Haus in Götzenhain. Hausangestellte hat er keine, außer einer Putzfrau, die dreimal in der Woche kommt. Sein Geld investiert er nach eigener Aussage in Bücher. Seine Bibliothek ist fast so umfangreich wie deine. Auch sonst machte er den entspanntesten Eindruck von allen. Er gab auch bereitwillig zu kein Alibi zu haben, da er alleine zu Hause war."

„Solche Leute sind mir immer sehr suspekt. Wann kam er zum Haus seines Vaters?"

„Kurz nach seinem Bruder. Die Schwester und ihr Mann kamen zuletzt."

„Wann kam der Doktor?"

„Der war, wie gesagt, als erster vor Ort. Noch vor Bruder Gustav."

„Schön, ich gehe davon aus, dass keiner dir Einblick in seine Finanzen gab."

„Genau."

„Wie verhielten sie sich, als du fragtest?"

„Gustav ging fast durch die Decke. Seine Schwester lehnte auch recht brüsk ab. Nur Ewald nahm es gelassen. Er meinte, wenn wir einen richterlichen Beschluss hätten, wäre das kein Problem, ansonsten würde er nur von seinem Recht Gebrauch machen."

„Interessant. Dann weißt du ja, was du jetzt zu tun hast."

„Ja, aber ich weiß nicht, was du an diesen Ergebnissen interessant finden könntest."

„Wir machen Fortschritte."

Damit starrte Pieroth wieder auf seine Pinnwand. Sommer schüttelte den Kopf und zog sich in sein Reich zurück. Er hatte absolut nichts von dem verstanden, was sein Freund meinte.

Er schaltete seinen Computer an und versuchte erst einmal an die Buchhaltungsdaten der Schönfelder GmbH zu gelangen um so herauszufinden, bei welchem Geldinstitut die Familie ihre Konten hatte.

Um seine IP-Adresse unkenntlich und seine Aktivitäten nicht nachverfolgbar zu machen, nutzte er ein weltweit verteiltes und nicht gerade legales Netz von Servern.

Stunde um Stunde saß er so vor seinem Bildschirm und schüttete literweise schwarzen Kaffee in sich hinein um wach zu bleiben.

Irgendwann, der Morgen fing bereits an zu dämmern, begann es ihm vor den Augen zu flimmern und er schlief mit dem Kopf auf dem Schreibtisch ein.

***

Zahlenkolonne auf Zahlenkolonne zog an Sommers Augen vorbei, aber er konnte sie nicht greifen. Seltsame Bilanzberechnungen, die er nicht verstand, erschienen und verschwanden. Er versuchte alles auszublenden, was ihm aber nicht gelingen wollte.

Dann hörte er aus der Ferne eine vertraute Stimme und langsam öffnete er die Augen.

„Hier hast du einen starken Kaffee", sagte Pieroth und stellte ihm einen dampfenden Becher vor die Nase. „Wieso hast du auf dem Schreibtisch geschlafen?"

Sommer rieb sich die Augen und blinzelte in die Gegend.

„Wie spät ist es?"

„Kurz nach zehn."

„Oh!"

Er trank einen Schluck, was langsam die Lebens-
geister in ihm weckte.

„Und warst du erfolgreich?"

„Ja, denke schon. Ich hab die ganze Nacht dran
gesessen."

„Ich wusste doch, du bist der Größte. Jetzt gibt's
erst einmal Frühstück und dabei kannst du mir alles
berichten."

***

„Also?", nuschelte Pieroth und schob sich den
Rest seines Croissants in den Mund.

„Es ist erstaunlich, welche Sicherheitslücken es bei
den Banken gibt."

„Das meinte ich nun nicht gerade."

„Ich wollte es halt nur mal erwähnt haben. Ich
musste zuerst einmal in die Buchhaltung der Firma
um zu sehen, bei welcher Bank die Konten angelegt
sind. Glücklicherweise haben alle drei Geschwister
ihre Privatkonten bei der gleichen Bank. So war es für
mich nicht ganz so schwierig. Gustavs Konto ist wie
er selbst, völlig unauffällig. Regelmäßig immer die
gleichen Eingänge und mit wenigen Ausnahmen
immer die gleichen Zahlungen. Er verpasst sich zwar
ein mehr als ordentliches Gehalt, aber sonst ist alles

unauffällig. Das Konto ist gut gefüllt. Von Anlagen scheint er nicht viel zu halten."

„Mit Recht."

„Interessanter ist dann schon die Schwester. Sie bekommt das gleiche Entgelt, aber sie hat wesentlich höhere Transaktionen. Ihr Mann bekommt auch ein stattliches Gehalt."

„Wie, der Mann arbeitet auch bei Schönfelder?"

„Ja, hab ich vergessen dir zu sagen. Er ist Steuer- und Anlageberater der Firma. Sein Konto ist ebenfalls bei der gleichen Bank. Für das was regelmäßig eingeht, ist der Saldo recht dürftig."

„Wie meinst du das?"

„Sie haben Unsummen für einen Innenarchitekten, für Einrichtung und bei Kunstauktionen ausgegeben."

„Wird die Wohnung finanziert, oder wurde sie bar bezahlt?"

„Darüber konnte ich keine Anhaltspunkte finden. Bei Bruder Ewald sieht es ähnlich aus. Er scheint auch auf großem Fuß zu leben. Er hat das gleiche Gehalt wie seine Geschwister, aber sein Konto ist überzogen. Er hat hohe Überweisungen an Auktionshäuser und Antiquariate getätigt. Auch die Zahlungen an diverse Feinkosthändler und Catering Firmen sind immens."

„Bücher können ein sehr teures Hobby sein, aber der Mann scheint über seine Verhältnisse zu leben. Sehr gut, Frank. Das bringt uns den nächsten Schritt weiter."

„So? Wie denn?"

„Das sage ich dir, wenn du heute mit dem Doktor gesprochen hast."

„Danke vielmals, dass du mich im Unklaren herumstochern lässt."

„Sei nicht beleidigt. Ich brauche noch ein, oder zwei Puzzlesteinchen. Vielleicht auch drei. Vorher wäre es fahrlässig etwas zu behaupten."

„Na gut, aber duschen darf ich noch."

***

Eine Stunde später parkte Sommer vor einem hübsch restaurierten, älteren Gebäude in einer ruhigen Ecke von Offenbach-Bieber, dass Doktor Cornelius als Praxis und Wohnhaus diente.

„Haben Sie einen Termin?", fragte die junge Dame an der Rezeption, als er die Praxis betrat.

„Nein, aber…"

„Ich fürchte, dann wird es heute nicht mehr klappen. Das Wartezimmer ist voll und der Doktor muss auch noch Hausbesuche machen", unterbrach sie ihn mit einem Redeschwall.

„Und ich fürchte Sie haben mich nicht ausreden

lassen. Ich bin kein Patient. Ich muss den Doktor kurz in einer äußerst wichtigen Angelegenheit sprechen."

Die junge Dame stutzte einen Moment, dann kam ein Mann aus einem der Behandlungszimmer und verabschiedete sich und sie betätigte einen Knopf auf einem Tableau.

„Frau Gräwe bitte in Zimmer Zwei."

„Wann kann ich ihn sprechen?"

„Um was geht es denn?"

„Tut mir leid, das kann ich ihm nur selbst sagen."

„Dann tut es mir auch leid. Sie sehen ja, was hier los ist."

Sommer versuchte sein letztes As auszuspielen.

„Wäre es ihnen lieber, ich käme mit der Polizei wieder?"

Sie starrte ihn an und Unsicherheit machte sich bei ihr breit.

„Na gut", meinte sie nach kurzer Überlegung, „gehen Sie in Zimmer Eins. Ich sage dem Doktor Bescheid."

„Danke, geht doch", meinte er grinsend und ging in das Sprechzimmer mit der Nummer Eins auf der Tür.

Nach etwa zehn Minuten flog die Tür auf und ein großer, schlanker Mann von etwa sechzig Jahren kam herein. Er trug einen weißen Arztkittel, der vor lauter

Wäschestärke wahrscheinlich alleine in der Ecke stehen konnte.

„Was soll das alles heißen? Wer sind Sie und was wollen Sie von mir? Ich hoffe Sie haben eine gute Erklärung dafür."

Der Mann strahlte eine unglaubliche Autorität aus, aber Sommer blieb ganz ruhig.

„Mein Name ist Frank Sommer von der Detektei Pieroth in Mühlheim."

„Was habe ich mit einem Privatschnüffler zu tun?"

„Es geht um den Tod von Julius Schönfelder."

Der Arzt sah ihn durchdringend an und er nutzte die Pause.

„Sie sind der Hausarzt der Familie und haben den Totenschein ausgestellt. Das ist doch soweit richtig?"

„Ich wüsste nicht, was Sie das angeht."

„Der älteste Sohn, Gustav Schönfelder, hat Zweifel an einem natürlichen Tod und uns mit den Ermittlungen beauftragt."

„Unsinn!", echauffierte sich der Arzt.

„Niemand kann meine Diagnose ernsthaft infrage stellen. Außerdem hat er nichts diesbezügliches mir gegenüber geäußert."

„Und doch haben wir einen schriftlichen Auftrag. Gäbe es denn rein theoretisch die Möglichkeit einer unnatürlichen Todesursache, die auf Ihre Diagnose von multiplem Organversagen passen könnte?"

Cornelius war nachdenklich geworden und kratzte sich am Kinn.

„Sicher, Möglichkeiten gibt es in der Medizin immer. Er starb aber definitiv an multiplem Organversagen. Was der Auslöser dafür war, hätte man höchstens durch eine Autopsie feststellen können."

„Und warum wurde dann keine veranlasst?"

„Weil es keine Veranlassung gab. Der Mann war vierundachtzig. Da kann so etwas durchaus vorkommen."

„Wie gesagt Doktor, wir zweifeln nicht an Ihrer Diagnose, sondern versuchen nur herauszufinden, ob jemand beim Tod von Herrn Schönfelder nachgeholfen hat. Vielen Dank für Ihre Zeit."

Sommer überlegte kurz, ob er zuerst das Mädchen im Hause Schönfelder befragen sollte, oder Pieroth Bericht erstatten. Er entschied sich für letzteres und fuhr zurück.

***

Sommer parkte den Wagen gleich in der Einfahrt, da er das unbestimmte Gefühl hatte, dass sein Freund heute doch einmal das Haus verlassen würde.

Er ging direkt in dessen Büro und berichtete ihm von seiner Unterhaltung mit Doktor Cornelius.

„Welchen Eindruck machte der Doktor?"

„Mmh, einen sehr sicheren und bestimmten, würde ich sagen."

„Und er sagte tatsächlich, dass eine unnatürliche Todesursache doch nicht zu einhundert Prozent ausgeschlossen werden könnte?"

„Nicht ganz, er sagte, dass seine Diagnose korrekt sei, aber die Ursache durchaus eine unnatürliche sein könnte."

„Wunderbar", freute sich Pieroth, „damit haben wir alles beisammen."

Sommer sah ihn konsterniert an.

„Was haben wir beisammen?"

„Alles, was eine weitere Untersuchung rechtfertigen würde. Schönfelders Verdacht ist begründet. Wo ist das Telefon?"

„In der Diele, oder in der Küche. Wann stellst du dir endlich einen Apparat ins Büro?"

„Brauche ich nicht. Wir haben doch genug davon. Hier würde es mich nur stören."

Pieroth sprang auf, ging gut gelaunt nach draußen und griff nach dem Hörer.

„Hallo Schumann, Pieroth hier. Ich hätte da eventuell einen Fall für Sie…nein, kommen Sie doch heute Abend zu mir…gegen sechs Uhr? Prima, bis dann."

Sommer hatte staunend das Gespräch verfolgt. Dass sein Freund Hauptkommissar Schumann anrief,

kam so gut wie nie vor. Sonst war es immer umge-
kehrt.

„Was war das jetzt?"

„Wir müssen Schumann ins Boot holen, oder wie
sollen wir sonst die Erlaubnis einer Exhumierung
bekommen?"

„Du willst...?"

„Sicher, wir brauchen den Beweis und den bekommen wir nur durch eine Autopsie. Zum Glück
wurde er nicht eingeäschert."

„Und wie kommst du jetzt plötzlich zu der Er-
kenntnis, dass da etwas faul ist?"

„Aufgrund unserer Recherchen. Das, was du in
den Befragungen herausgefunden hast und was die
Bankdaten ergeben haben, führt unweigerlich zu diesem Schluss."

„Verstehe ich nicht."

„Das unterschiedliche Verhalten der Geschwister,
ihre Vermögenslage, die Aussagen des Arztes und
das, was ich über die Firma in Erfahrung bringen
konnte."

„Was ist mit der Firma?"

„Sie ist, sagen wir es vorsichtig, etwas in Schiefla-
ge geraten. Nicht etwa durch eine schlechte Auftrags-
lage. Die Auftragsbücher sind voll. Es gab nur seltsame Geldflüsse, die nicht direkt nachzuvollziehen

sind. Bislang wurden sie immer wieder zum Teil ausgeglichen, aber auf Dauer geht das nicht gut."

„Du meinst, jemand aus der Familie zapft da in größerem Umfang Geld ab?"

„Das, oder jemand anderes mit Prokura. Ist ja auch möglich. Wer da noch infrage kommt müssen wir herausfinden. Aber für den Verdacht zu erhärten reicht das allemal. Es wäre nicht das erste Mal, dass man, um so etwas zu vertuschen, einen Mord begeht."

„Und nun?"

„Nun fahren wir zum Haus des Patriarchen. Du hast seine Adresse?"

„Ja, er wohnte in Lämmerspiel."

„Schön, dann sind wir ja schnell wieder zurück."

4

Sommer parkte den alten Jaguar Mark II auf einem Parkplatz gegenüber dem breiten eisernen Schiebetor, neben einer Pforte der einzigen Unterbrechung in einer hohen, grünlichen Natursteinmauer, die das ganze Anwesen zur Straße hin abgrenzte.

Das Haus selbst lag etwas zurückgesetzt in einem großen, parkähnlichen Garten, umgeben von hohen Bäumen. Vor allen Fenstern befanden sich große, geschwungene Gitter, was dem Ganzen das Aussehen einer Festung verlieh. Der Hausherr litt wohl unter einer Phobie.

„Nicht schlecht", staunte Sommer und zog den Schlüssel, den er von ihrem Auftraggeber bekommen hatte, aus der Tasche.

„Nein, wir können nicht so einfach da rein. Wir müssen erst sehen, ob jemand im Haus ist", stoppte ihn Pieroth.

„Wie du meinst."

Sommer steckte den Schlüssel wieder ein und drückte auf den kupferfarbenen Klingelknopf.

„Ja bitte?", meldete sich nach kurzer Zeit eine Frauenstimme aus der Gegensprechanlage.

„Pieroth und Sommer, wir kommen im Auftrag

von Herrn Gustav Schönfelder. Könnten wir bitte reinkommen?"

Wie von Geisterhand öffnete sich die Pforte und an der Haustür wurden sie von einer etwa vierzigjährigen Frau empfangen, für die der Begriff *Hausmädchen* doch eher deplatziert war.

„Guten Tag, ich bin Angelika Maurer. Herr Schönfelder hat mich bereits instruiert."

„Guten Tag Frau Maurer. Mein Name ist Pieroth und das ist mein Mitarbeiter Frank Sommer. Dann haben Sie ja wohl nichts dagegen, dass wir uns im Haus etwas umsehen."

Sie betraten eine geräumige Diele, von der aus in alle Richtungen Türen abgingen und eine breite Holztreppe geschwungen nach oben führte.

„Was genau möchten Sie denn sehen?"

„Wir wollen uns einen allgemeinen Überblick verschaffen, wie Herr Schönfelder gelebt hat."

„Der arme Herr."

„Sie haben ihn gefunden? Das war wohl sehr schlimm für Sie."

„Ja. Ich kann es immer noch nicht fassen. Ich wollte ihm, wie jeden Morgen, seinen Kaffee ins Schlafzimmer bringen. Er lag einfach da und rührte sich nicht mehr."

„Was taten Sie dann?"

„Ich rief sofort Doktor Cornelius an. Wir hatten seine Nummer für Notfälle hier vorne neben dem Telefon liegen."

„Gab es denn öfter Notfälle?"

„Nein, das war der erste, aber Herr Schönfelder war schon älter und sein Sohn hat mir die Visitenkarte des Doktors dorthin gelegt."

„Gustav Schönfelder?"

„Nein, sein Bruder Ewald."

Pieroth nickte kurz. Inzwischen waren sie in einem großen Wohnraum angekommen.

„Ich nehme an, hier hat Ihr Arbeitgeber viel Zeit verbracht?"

„Ja, er saß nach dem Abendessen immer dort in dem Lehnsessel, rauchte seine Zigarre und trank einen Cognac."

Der schwere Bezug des Sessels war schon an einigen Stellen verblichen. Rechts daneben stand ein kleines Tischchen mit einer Flasche Cognac, zwei Gläsern und einem Aschenbecher. Links befand sich eine kleine Kommode mit vier Schubladen.

Pieroth öffnete sie der Reihe nach. Aus der obersten Lade zog er einen kugelförmigen Gegenstand, auf dem seltsame Zeichen und Buchstaben zu sehen waren. An der Kugel war ein Bügel montiert, an dem wiederum eine schwarze Schnur befestigt war.

„Was ist das hier?"

„Keine Ahnung, das habe ich noch nie gesehen", erwiderte sie unsicher.

Pieroth betrachtete das Gebilde intensiv. Dann gab er Sommer ein kurzes Zeichen und legte das seltsame Gerät wieder zurück.

„Wenn Sie uns jetzt bitte sein Schlafzimmer zeigen würden."

„Das ist oben. Kommen Sie bitte."

Sie stiegen die geschwungene Treppe nach oben und am Ende eines langen Flurs öffnete Frau Maurer eine Tür.

„Hier ist es."

Während die beiden Männer das Zimmer betraten, blieb sie draußen stehen. Offensichtlich hatte sie immer noch mit der Erinnerung zu kämpfen.

Aus der Schublade des Nachttischs zog Pieroth einen ähnlichen Gegenstand, wie er ihn in der Kommode des Wohnzimmers gefunden hatte.

„Hier Frank, noch solch ein Ding."

„Sieht aus wie ein rundes Lot. Vielleicht brauchte er es für die Gartenarbeit."

„Mit Sicherheit nicht."

„Was ist es dann?"

„Erkläre ich dir später. Komm, wir haben alles, was wir brauchen."

„Eine Frage noch Frau Maurer. Hatte Ihr Arbeitgeber in letzter Zeit Gedächtnislücken?"

„Nun ja, er war in der Tat gelegentlich etwas vergesslich. Wahrscheinlich das Alter."

Sie bedankten sich für die Führung und verabschiedeten sich.

„Was haben wir denn?", fragte Sommer, als sie gemächlich die Lämmerspieler Straße entlang fuhren.

„Sagte ich doch schon. Das erkläre ich dir später."

„Das höre ich dauernd von dir. Fragt sich nur wann?"

***

Punkt achtzehn Uhr erschien Hauptkommissar Schumann von der Kriminalpolizei in Offenbach. Sommer führte ihn ohne Vorrede direkt in Pieroths Büro.

„So Pieroth, da bin ich ja mal gespannt, was Sie für mich haben. Ich hoffe, dass ich nicht umsonst hier heraus gefahren bin."

„Kaffee?", fragte Sommer dazwischen.

„Ja, danke. Also?"

„Um es vorweg zu nehmen, Sie müssen eine Exhumierung beantragen."

„Was?", fuhr Schumann auf. „Das kann ja wohl nicht ihr Ernst sein."

„Doch, mein voller Ernst. Ohne Exhumierung keine Autopsie und ohne Autopsie keine Beweise für einen äußerst hinterhältigen Mord."

„Wie können Sie sich dann sicher sein, dass es sich um Mord handelt, wenn es keine Beweise gibt?"

Pieroth lächelte Schumann an und tippte mit seinem Zeigefinger an seine Nase.

„Ich rieche es und außerdem gibt es hinreichend Spuren und Indizien, die darauf hindeuten."

Sommer brachte den Kaffee und der Kommissar pustete einmal kräftig durch.

„Wenn Sie es nicht wären, würde ich jetzt aufstehen und gehen, aber Ihr Riechkolben lag ja schon öfter richtig. Also, ich höre."

„Schön. Kennen Sie die Schönfelder GmbH?"

Schumann schüttelte den Kopf.

„Sagt mir nichts. Oder doch, ist das nicht der Laden, an dem ich auf dem Weg hierher vorbeigefahren bin?"

„Richtig. Das ist eines der größten Maschinenbau Unternehmen in Hessen. Die Firma hat ihren Sitz, wie Sie schon sagten, zwischen Mühlheim und Offenbach und wird von drei Geschwistern geleitet, aber, und jetzt kommt's, der alte Patriarch hat mit einer im Gesellschaftervertrag verankerten Sperrminorität den Daumen drauf. Gestern erschien der älteste Sohn, selbst schon um die sechzig, und erzählte uns, dass sein Vater vor zweieinhalb Wochen gestorben sei und er nicht von einer natürlichen Todesursache ausgehe."

„Was steht denn in dem Totenschein?"

„Multiples Organversagen."

„Kann man dem Arzt trauen, der den Schein ausgestellt hat?"

„Eigentlich ja. Er soll eine Kapazität sein. Nun beauftragte uns Gustav Schönfelder, das ist der älteste Sohn, mit der Aufklärung des Falls."

„Und was spricht jetzt gegen eine natürliche Todesursache?"

„Wir haben uns intensiv mit den einzelnen Familienmitgliedern und der Situation der Firma beschäftigt."

„Das heißt wohl mit den Finanzen und das ist illegal, das wissen Sie."

„Sie müssen es ja nicht verraten", grinste Pieroth.

„Jedenfalls gab es auch bei der Besichtigung des Hauses in dem der Mann wohnte weitere Hinweise. Die Bestätigung meiner Vermutung kann aber nur eine Autopsie liefern. Also?"

„Sie haben auch illegal das Haus durchsucht?"

„Nein, wir hatten die Erlaubnis des Sohnes."

Schumann verschränkte die Arme hinter dem Kopf und starrte an die Decke. Nach einer Weile stieß er geräuschvoll die Luft aus, trank seinen Kaffee und stand auf.

„Gut, ich sehe zu, was ich machen kann. Nur versprechen kann ich nichts. Kommt drauf an, wie seine Ehren gerade gelaunt sind."

„Sie schaffen das schon."

„Ich gebe Ihnen Bescheid, kann aber etwas dauern."

„Macht nichts. Der ist ja noch relativ frisch."

5

Die letzten drei Tage waren ereignislos verlaufen. Pieroth hatte Gustav Schönfelder darüber informiert, dass er seinen Verdacht nun für absolut berechtigt hielt und entsprechend weiter ermitteln würde.

Sommer hatte ihm ein paar Dartpfeile besorgen müssen, mit denen er hingebungsvoll auf seine Pinnwand warf.

Dann kam endlich der ersehnte Anruf.

„Na endlich Schumann. Haben Sie den Beschluss bekommen?"

„Ich sagte doch, dass es dauern kann. Ja, ich habe den Beschluss hier in der Hand. Wir sehen uns morgen früh um acht auf dem Friedhof an der Bieberer Straße."

„Am Sonntag? Und so früh? Na ja, gut. Von mir aus. Bis morgen."

„Dann müssen Sie Ihren Hintern halt einmal etwas früher aus den Federn heben", lachte Schumann und beendete das Gespräch.

„Frank!"

Sommer eilte in Pieroths Büro.

„Schumann hat den Bescheid bekommen. Morgen früh um acht sollen wir auf dem Friedhof sein."

„Auf welchem?"

„Dem an der Bieberer Straße."

„Gut, ich wecke dich um sieben. Frühstück gibt's dann halt erst später."

„Meinetwegen", brummte Pieroth, für den frühes Aufstehen ein Graus und ein ausgiebiges Frühstück ein wichtiger Bestandteil des Tages war.

***

Es fiel ein feiner Nieselregen, der sich wie ein kalter Schleier auf alles legte und in die kleinsten Ritzen kroch. Nebelfetzen waberten über die makabre Szenerie, die sich ihnen bot, als Pieroth und Sommer am nächsten Morgen um kurz nach acht Uhr auf dem Friedhof erschienen.

Um diese Uhrzeit und bei diesem Wetter blieb die ganze Aktion zum Glück vor neugierigen Augen verborgen.

Man hatte bereits die schwere Steinplatte vom Familiengrab der Schönfelders beiseitegeschoben und war dabei den Sarg zu heben.

„Morgen Pieroth. Ausgeschlafen?"

„Um diese Zeit bin ich für solche Witze nicht aufgelegt. Was sollen wir eigentlich hier?"

„Auf Ihr Betreiben führen wir doch diese Exhumierung durch."

„Aber das Ergebnis, auf das es mir ankommt, liefert doch die Rechtsmedizin und das sicherlich nicht heute früh und hier draußen."

„Warum sollen wir denn alleine so früh bei diesem Scheißwetter hier stehen? Sie sollen doch auch etwas davon haben", grinste Schumann.

„Sehr witzig. Wohin bringen Sie ihn?"

„Nach Frankfurt."

Mittlerweile hatte man den wohl sündhaft teuren Edelholzsarg gehoben und auf einen Karren gestellt, mit dem man ihn zum Wagen der Rechtsmedizin brachte, der am Eingang wartete.

Pieroth hatte den Kragen seines Trenchcoats hochgeschlagen und die Tweed Mütze tiefer ins Gesicht gezogen.

„Was schätzen Sie?"

„Ich mache Druck, aber zwei bis drei Tage kann es dauern. Sie hören von mir."

Während das Grab wieder gerichtet wurde, verließen Schumann, Pieroth und Sommer den Friedhof. Draußen auf der Straße winkte man sich noch kurz zu um dann in verschiedene Richtungen zu verschwinden.

***

„Falls du recht hast mit deinem Verdacht", fragte Sommer später beim Frühstück, „wie glaubst du, hat man den Alten um die Ecke gebracht?"

„Deine Formulierungen überraschen mich immer wieder. Ich habe zwar eine Vermutung, aber ob ich damit richtig liege, wird das Ergebnis der Autopsie zeigen."

Sommer war etwas genervt. Jedes Mal musste er seinem Freund die Informationen wie die Würmer aus der Nase ziehen und selbst dann drückte er sich immer verklausuliert aus. Konnte er nicht einfach sagen es ist so oder so?

„Und darf man vielleicht an deinen Überlegungen teilhaben?"

„Du weißt doch, dass ich nicht gerne Mutmaßungen verlautbare, die ich noch nicht beweisen kann. Eines kann ich dir aber schon sagen, wenn das stimmt was ich glaube, war das ein bösartiger, perfider und von langer Hand geplanter Mord."

„Und wen hast du in Verdacht?"

„Bisher alle. Sie könnten es alle getan, oder in Auftrag gegeben haben."

„Auch unseren Auftraggeber?"

„Den auch, doch bei ihm würde mir noch das Motiv fehlen."

Dann fiel Pieroths Blick auf eine Schlagzeile in der Sonntagszeitung.

„Hackerangriff auf ein Geldinstitut im Rhein-Main Gebiet. Polizei steht vor einem Rätsel."

„Du wirst berühmt", lachte er und hielt Sommer die Zeitung vor die Nase.

„Ich habe dir ja gesagt…"

„Ja, ich weiß. Ich besorge dir auch den besten Anwalt. Außerdem besuche dich regelmäßig im Gefängnis und bringe dir Kuchen mit."

„Das finde ich überhaupt nicht lustig."

***

„Hast du die Dossiers fertig?", fragte Pieroth, während Sommer ihm am nächsten Morgen einen Kaffee brachte.

„Noch nicht ganz. Welches brauchst du denn?"

„Das über unseren Auftraggeber. Mit dem wollte ich anfangen."

„Das habe ich fertig. Liegt schon irgendwo bei dir auf dem Schreibtisch."

„Danke. Ah, da ist es. Dann wollen wir mal."

Später am Nachmittag brachte Sommer seinem Freund die noch fehlenden drei Dossiers.

„Was erhoffst du dir darin zu finden?"

„Weitere Erkenntnisse über die einzelnen Familienmitglieder. Irgendwo darin liegt der Schlüssel zu diesem Verbrechen."

„Falls es überhaupt eines war."

„Da gibt es für mich keinen Zweifel mehr. Ich weiß nur noch nicht genau wie und warum."

„Also wenn es einer von denen war, steht bei mir der Schwager an erster Stelle."

„So, und warum?"

„Du hast doch gesagt, dass jemand Geld aus der Firma abgezapft hat. Da hätte doch er als Steuerberater die besten Möglichkeiten gehabt."

„Ich sprach von seltsamen und nicht, oder nur schwer nachvollziehbaren Geldflüssen. Da könnte jeder mit Prokura infrage kommen. Hast du gesehen, dass unser Gustav Schönfelder ein Studium der Elektronik und Radiotechnik absolviert hat?", änderte Pieroth plötzlich das Thema.

„Ja sicher, hatte ich dir doch aufgeschrieben, aber warum ist das relevant?"

„Ich weiß nicht, ob das relevant ist, ich finde es nur interessant. Aber diesen Steuerberater sollten wir trotzdem etwas genauer unter die Lupe nehmen. Da hast du schon recht."

Mit dem erhabenen Gefühl etwas Wichtiges zu dem Fall beigetragen zu haben, verließ Sommer das Büro und ging wieder an seine Arbeit.

Eine Stunde später erschien Pieroth plötzlich in seinem Büro.

„Ich muss weg. Könnte später werden. Du musst also nicht mit dem Essen auf mich warten."

„Wohin gehst du?", fragte Sommer überrascht

darüber, dass sein Freund freiwillig das Haus verlässt.

„Ich muss nach Frankfurt etwas überprüfen und ein paar Dinge besorgen."

Sommer wollte noch etwas fragen, aber da war er schon entschwunden.

***

Stundenlang suchte Pieroth eine Fachbuchhandlung nach der anderen auf, bis er alles zusammen hatte, was er benötigte.

Es war schon spät, als er zurückkehrte. Den Stapel Bücher, den er bei sich hatte, brachte er direkt in sein Büro.

Sommer bekam von alledem nichts mit. Er war vor dem Fernseher eingeschlafen.

Pieroth bereitete sich einen starken Kaffee und widmete sich dann ganz seinen Neuerwerbungen.

Es war schon früh am Morgen, als die Müdigkeit ihn übermannte. Zufrieden lehnte er sich in seinem Sessel zurück, legte die Beine auf den Schreibtisch und schlief ein.

Als Sommer Pieroth zum Frühstück wecken wollte, fand er ihn nicht in seinem Schlafzimmer, sondern schnarchend an seinem Schreibtisch vor.

Neugierig warf er einen Blick auf die Bücher, die er offenbar in der Nacht gelesen hatte.

Alle hatten das gleiche Thema: Radiästhesie, Rutengänger und Pendel. Sommer konnte mit dem Begriff nichts anfangen, also weckte er seinen Freund.

„Aufwachen. Frühstück."

Pieroth räkelte sich kurz, dann schlug er die Augen auf und blinzelte in die Gegend.

„Wie spät ist es?"

„Gleich neun Uhr."

Sofort war er wach.

„Was? So ein Mist. Ich habe noch so viel zu tun."

„Hast du die ganze Nacht hier gelegen?"

„Muss wohl eingeschlafen sein."

„Dann lass uns erst einmal frühstücken. Ein starker Kaffee und dir geht's besser."

***

„Was sind das für Bücher auf deinem Tisch?", fragte Sommer und schenkte sich Kaffee nach. „Hast du die gestern mitgebracht?"

„Ja, waren nicht so einfach zu bekommen."

„Und um was geht es da genau?"

„Es geht, grob gesagt, um die Untersuchung paranormaler Strahlenfühligkeit."

„Aha", meinte Sommer, dar absolut überhaupt nichts verstand.

„Ist das ein neues Hobby von dir?"

„Nein, ich möchte mich nur einmal damit beschäftigen."

„Für unseren Fall?"

„Weiß ich noch nicht. Könnte vielleicht sein. Vielleicht aber auch nicht. Nur schaden kann es jedenfalls nicht, wenn man Bescheid weiß."

Sommer gab sich geschlagen. Mehr war nicht aus ihm herauszubekommen.

Er räumte den Tisch ab, während Pieroth wieder in seinem Büro verschwand.

6

Sommer war gerade mit der Zubereitung des Mittagessens beschäftigt, als das Telefon läutete.

„Ah, guten Tag Herr Schönfelder. Was können wir für Sie tun?"

„Guten Tag, ich möchte gerne mit Herrn Pieroth sprechen."

„Der ist gerade beschäftigt. Kann ich Ihnen weiterhelfen?"

„Nein", kam sofort die schroffe Antwort, „ich muss ihn selbst sprechen."

„Einen Moment bitte, ich sehe ob es sich einrichten lässt."

Er ging in Pieroths Büro und hielt ihm den Hörer hin.

„Wer ist das?"

„Unser Auftraggeber."

„Und was will er?"

„Weiß ich nicht."

„Dann frag ihn doch."

„Hab ich."

„Und?"

„Er will aber nur mit dir sprechen."

Missmutig langte Pieroth nach dem Telefon.

„Ja, Herr Schönfelder, was gibt es denn?"

„Nun, ich wollte mich nach dem Stand Ihrer Ermittlungen erkundigen."

„Das hätte Ihnen Herr Sommer auch sagen können. Es gibt Indizien die Ihre Vermutung untermauern könnten. Mehr kann ich Ihnen noch nicht sagen."

„Ich hoffte auf etwas mehr, wenn Sie schon so etwas unchristliches wie eine Exhumierung durchführen lassen."

„Die wurde aufgrund der von uns gesammelten Indizien durch die Polizei veranlasst. Nun müssen wir auf das Ergebnis der Rechtsmedizin warten."

„Verstehe. Sie werden mich doch unverzüglich über das Ergebnis informieren?"

„Sicher, aber wo ich Sie gerade am Telefon habe, wir müssten mit einigen Angestellten Ihrer Firma sprechen."

„Ich wüsste nicht warum", entgegnete Schönfelder nach einer kurzen Pause und sein Tonfall klang verärgert.

„Ganz einfach. Sie haben uns mit den Ermittlungen beauftragt und eine Befragung im Umfeld eines Opfers gehört nun mal zu den Ermittlungen dazu."

Wieder eine kurze Pause.

„Na gut, wenn es sein muss. Aber bitte diskret. Ich instruiere den Pförtner, damit er Sie herein lässt."

„Danke. Guten Tag."

Pieroth gab seinem Freund das Telefon zurück.

„Der fängt an mich zu nerven. Was hat er sich denn vorgestellt? Wir sollen ermitteln, aber bloß nicht im privaten Umfeld der Familie?"

„Wen willst du denn in der Firma sprechen?"

„Der alte Herr Schönfelder hatte ja wohl auch eine Sekretärin und Sekretärinnen sind oft ein sehr guter Quell an Informationen."

„Und wann fahren wir?"

„Das machst du nach dem Essen."

„Ich? Und was machst du?"

„Ich beschäftige mich weiter mit meinen Büchern."

***

Schon so oft war er an diesem Firmenkomplex vorbeigefahren ohne ihm irgendwelche Beachtung zu schenken. Er war halt da. Gehörte zum Straßenbild.

Sommer hatte den Wagen hinter dem Firmensitz in der Borsigstraße abgestellt und betrat das Verwaltungsgebäude.

Im Eingangsbereich saß ein älterer Mann hinter einem Tresen und telefonierte.

Sommer wartete einen Moment, bis der Mann sein Gespräch beendet hatte und ihn nach seinen Wünschen fragte.

„Ich hätte gerne die Sekretärin des verstorbenen Herrn Schönfelder gesprochen."

„Ah, sind Sie Herr Pieroth? Herr Schönfelder hat mich bereits instruiert. Wenn ich dann um Ihren Ausweis bitten dürfte. Sie bekommen einen Besucherausweis."

Sommer reichte ihm seinen Personalausweis.

„Ich bin nicht Pieroth, ich bin Frank Sommer, sein Assistent."

„Oh!", sagte der Mann.

Diese Mitteilung schien ihn in die Bredouille zu bringen.

„Man sagte mir explizit, dass Herr Pieroth kommen würde."

„Der hat aber keine Zeit und hat mich deswegen hierher geschickt."

„Mmh, was machen wir da nur?", brabbelte der Mann vor sich hin.

„Ganz einfach. Hier ist meine Karte. Rufen Sie ihn an. Er wir sicher hocherfreut sein."

Der Mann überlegte einen Moment, welche Optionen er wohl noch hatte und welche davon ihm am wenigsten schadet. Dann gab er sich einen Ruck.

„Na gut. Ich drucke Ihnen nur noch den Besucherausweis aus. Nehmen Sie den Aufzug dort vorne in die vierte Etage. Dann am Ende des Flurs auf der linken Seite."

Sommer verbeugte sich.

„Haben Sie vielen Dank."

„Viertes Obergeschoss", sagte eine laszive Frauen-stimme aus irgendeiner Ecke des ganz mit Spiegeln und Edelstahl ausgekleideten Aufzugs.

Sommer sah sich um. Am Ende des Gangs befanden sich zwei Türen auf der linken Seite.

Sekretariat J. Schönfelder
Barbara Sievers

stand auf dem Schild neben der ersten Tür zu lesen. Sommer klopfte höflich an und trat aber gleich ein, ohne eine Antwort abzuwarten.

Eine Frau etwa um die fünfzig, mit angegrauten, streng nach hinten gekämmten Haar, saß an einem großen Schreibtisch und musterte den Eindringling missbilligend und mit strengem Blick über die schmale Lesebrille, die sie auf der Nasenspitze trug.

„Sie wünschen?"

Ihre Stimme war streng und abweisend zugleich.

„Guten Tag, mein Name ist Sommer von der De-tektei Pieroth. Ich hätte Sie gerne gesprochen."

„Können Sie sich legitimieren?"

Sommer fischte eine Visitenkarte und seinen Ausweis aus der Tasche, reichte ihr beides und fragte sich, wofür er dann diesen Besucherausweis trug.

„Sie wurden avisiert", sagte sie nach kurzer Prüfung, „aber es sollte Ihr Chef kommen."

„Tut mir leid, aber er ist unabkömmlich und dafür bin ich ja jetzt hier."

„Na schön, dann stellen Sie Ihre Fragen."

„Frau Sievers, hatten Sie den Eindruck, dass der verstorbene Herr Schönfelder krank war, dass er sich unwohl fühlte?"

„Nein, im Gegenteil. Er war überaus vital, wenn man sein Alter berücksichtigt. Nur in den letzten Tagen vor seinem Tod fühlte er sich etwas unwohl, was er aber auf irgendein Essen schob, das er nicht vertragen hatte."

„Aha. Ist Ihnen sonst noch etwas an ihm aufgefallen?"

„Was meinen Sie?"

„Na, war er vielleicht zerstreuter als sonst?"

„Richtig, wo Sie es erwähnen. Er war tatsächlich in letzter Zeit etwas vergesslich. War wohl das Alter."

„Nun zu etwas anderem. Gab es in der Geschäftsleitung Spannungen? Besonders in letzter Zeit?"

„Ich wüsste nicht was Sie das anginge."

„Wie Sie wissen, haben wir von Herrn Gustav Schönfelder den Auftrag, die Todesumstände seines Vaters zu untersuchen. In diesem Zusammenhang müssen wir auch im geschäftlichen Umfeld ermitteln."

„Dass es so ist, wusste ich jetzt nicht. Da hatte sich Herr Schönfelder nur vage ausgedrückt."

„Das soll auch sehr diskret behandelt werden", flüsterte Sommer und sah die Sekretärin verschwörerisch an.

„Ich verstehe. Von mir erfährt niemand ein Sterbenswörtchen."

„Genau deshalb befrage ich ja Sie und niemand anderen. Also?"

Sie fühlte sich offenbar geschmeichelt, beugte sich über den Schreibtisch und sah ihn über den Rand ihrer Lesebrille an.

„Also im Vertrauen gesagt, gab es schon seit Monaten Meinungsverschiedenheiten in der Geschäftsleitung."

„Und worüber?"

Obwohl nur sie beide im Raum waren, blickte sie sich nach allen Seiten um, bevor sie im Flüsterton fortfuhr.

7

Rundherum zufrieden mit sich und seinen Ergebnissen fuhr Sommer zurück.

Da nicht zu erwarten war, dass sein Freund noch einmal das Haus verlassen würde, stellte er den Jaguar in die Garage.

„So wie du aussiehst, warst du wohl erfolgreich", empfing ihn Pieroth, als er dessen Büro betrat.

„Das denke ich schon", entgegnete Sommer und ließ sich auf einen Stuhl fallen.

„Dann lass hören."

„Also du hattest recht, die Sekretärin vom alten Schönfelder war eine wahre Goldgrube an Informationen. Sie ist noch eine vom alten Schlag. Überaus korrekt und gebieterisch…"

„…aber du hast sie mit deinem Charme zum Reden gebracht."

„Ja", grinste Sommer.

„Sie beschrieb ihren Chef als einen für sein Alter äußerst vitalen Mann. Nur in den letzten Tagen vor seinem Ableben hätte er sich etwas unwohl gefühlt, aber er schob es auf eine Mahlzeit, die er wohl nicht vertragen hätte. Außerdem sei er in letzter Zeit etwas vergesslich gewesen, was sie aber auf sein Alter bezog."

„Genau das haben die Schwester und Frau Maurer auch so beschrieben. Da hätten wir eine Übereinstimmung."

„Das Interessante kommt ja noch. Diese Frau Sievers, also die Sekretärin, bekam einen Sitz im Verwaltungsrat von ihrem Chef zugesprochen."

„Verwaltungsrat? So etwas gibt es doch eigentlich nur bei Aktiengesellschaften. Äußerst ungewöhnlich."

„Ja, aber sie gab an, dass er das im Gesellschaftervertrag festgelegt hatte, und zwar auf Lebenszeit."

„Das wird ja immer besser. Mit diesem Vertrag hat er seine Nachkommen, oder besser Geschäftsführer, ganz schön geknebelt. Die Sekretärin mit einem lebenslangen Sitz und er mit einer Sperrminorität. Damit hätten die drei Geschäftsführer praktisch nichts zu melden. Er konnte alles abblocken, was ihm nicht in den Kram passte."

„Wie sie mir dann noch zum Schluss im Vertrauen erzählte, gab es in letzter Zeit häufig Meinungsverschiedenheiten in der Geschäftsleitung."

„Welcher Art?"

„Nun, da ist zum einen Dorothea. Sie hatte vor das Unternehmen an einen chinesischen Investor zu verkaufen. Sie hatte bereits hinter dem Rücken der anderen mit einem potentiellen Käufer verhandelt, was den Alten in Rage brachte."

„Kann ich verstehen. Bald gehört ganz Deutschland den Chinesen oder den Scheichs."

„Italien gehört ihnen ja schon. Da haben sie sogar Fußballvereine gekauft..."

„Das interessiert mich nun weniger."

„...und in Venedig gehören schon etliche der traditionellen Bars den Chinesen."

„Das ist allerdings ein Frevel. Was gab es noch?"

„Ihr Mann, der Steuerberater hat die Verhandlungen mit geführt und Steuermodelle entwickelt, um den Erlös am Fiskus vorbei zu schleusen. Die beiden Brüder waren auch dagegen, nur aus anderen Gründen. Bruder Ewald wollte sich aus der Geschäftsleitung zurückziehen, wenn man ihm eine ausreichende Rente zahlen würde."

„Ah, er würde dann den intellektuellen Privatier spielen und sich seinen Büchern und Partys widmen."

„Genau, dafür sollte die Leibrente auch wesentlich höher ausfallen, als sein schon üppiges Gehalt. Das könnte er sich natürlich bei einem Verkauf abschminken."

„Aber dann wäre er der Erste unserer Verdächtigen, der keinen Grund gehabt hätte, den alten Mann zu ermorden."

„Eben nicht. Bruder Gustav hatte wohl auch Krach mit seinem Vater, weil der unter Umständen doch bereit war zu verkaufen, aber unter anderen Bedingungen. Er hatte ein Fusionsangebot einer englischen Firma. Danach wäre er mit einer beträchtlichen Summe abgefunden worden, seine Sekretärin hätte zur neuen Geschäftsleitung gehört und seine Nachkommen wären nur noch leitende Angestellte gewesen."

„Ah! Schau mal an. Der alte Schlawiner. Hatte er was mit seiner Sekretärin?"

„Sie hatte das entrüstet zurückgewiesen."

„Also ja, in welcher Form auch immer und wenn es nur platonisch war. Interessant."

„Unser Auftraggeber hatte wohl noch des Öfteren Streit mit seinem Vater wegen der Ausrichtung der Firma. Der Alte hat ihm wohl nichts zugetraut. So stellte es wenigstens die Sekretärin dar. Er soll ihn sogar einmal als Weichling und Waschlappen tituliert haben."

„Oh, das hat unserem Gustav bestimmt auch nicht gefallen. Obwohl, wenn ich es recht sehe, ein passendes Urteil. Ein Motiv hatten sie also alle. Dorothea wohl am meisten, wenn sie sich schon so weit aus dem Fenster gelehnt hatte mit ihren Verhandlungen.

Morgen fahren wir nochmal nach Lämmerspiel. Ich will in dem Haus noch etwas überprüfen."

„Na gut. Das war's. Ich mach uns dann mal etwas zu essen."

„Brauchst du nicht. Ich habe Pizza bestellt."

„Super. Und welche?"

„Weiß nicht wie die heißt. Die Nummer, die du immer bestellt mit dem scharfen Zeugs drauf."

„Du meinst Peperoni."

„Genau."

***

Dorothea und Andreas Wiedmann saßen bei einem leichten Abendessen in ihrer großräumigen, zum Wohnbereich hin geöffneten Küche, die ansonsten den unbenutzten Eindruck eines Ausstellungsstücks machte.

Die Stimmung war angespannt und beide stocherten lustlos in ihrem Salat herum.

„Warum hat dein Bruder das gemacht, frage ich mich ernsthaft?"

„Was meinst du?"

„Na diesen Schnüffler zu engagieren. Wenn der uns nun zu nahe kommt?"

„Wird er nicht."

„Und wieso nicht?"

„Wie will er denn ohne richterlichen Beschluss

hinter die Kulissen sehen können?"

„Du vergisst ganz, dass er die Bullen schon einge-
schaltet hat, um deinen Vater wieder ausgraben zu
lassen."

„Bleib ganz entspannt. Sie werden nichts finden
und dann haben wir endlich freie Bahn. Ewald wird
auf unserer Seite sein. Ihn interessiert nur das Geld."

„Eher nicht. Er würde doch verlieren."

„Keine Sorge, das bekomme ich schon geregelt."

„Und was ist mit Gustav? Du weißt doch was im
Testament stand."

„Den kriegen wir auch noch klein."

***

Am nächsten Morgen war Sommer gerade dabei
das Frühstück vorzubereiten und Kaffee aufzusetzen,
als das Telefon läutete. Er nahm den Hörer von der
Station und wollte sich melden, als er schon von einem Redeschwall unterbrochen wurde.

„Kommissar Schumann, was…ja, er ist da….ja, sofort. Einen Moment bitte…"

Sommer stürmte in Pieroths Büro und reichte seinem Freund das Telefon.

„Wer ist das?"

„Schumann. Er klingt ziemlich aufgeregt."

„Was gibt's, Schumann?"

„Sie hatten recht, Pieroth."

Der Kommissar war völlig außer Atem, als wäre er gerannt.

„Mit was hatte ich recht?"

„Mit dem Schönfelder. Den Rest erfahren Sie später. Wir treffen uns in einer halben Stunde in der Rechtsmedizin."

„Sind die etwa schon fertig?", fragte Pieroth ungläubig, aber da hatte Schumann schon aufgelegt.

„Was ist?"

„Wir müssen sofort zur Rechtsmedizin nach Frankfurt. Schumann erwartet uns dort."

Pieroth zog sich sein Jackett über und warf sich den Trenchcoat über die Schulter. Dann folgte er Sommer nach draußen, wo der gerade den Wagen aus der Garage holte.

„Wo ist das?", fragte Sommer, als sie in Richtung Offenbach fuhren.

„Kennedyallee, ich zeig's dir."

***

„Was ist los?", fragte Sommer, als er den schweren Wagen durch den dichten Verkehr steuerte.

„Sie haben wohl die Autopsie schon durchgeführt und dabei etwas Seltsames entdeckt. Mehr weiß ich auch noch nicht."

Im Hof des Instituts für Rechtsmedizin fanden sie glücklicherweise noch einen Parkplatz und am Eingang wurden sie bereits von Kommissar Schumann erwartet.

Sie betraten den Seziersaal und Schumann stellte sie dem Pathologen vor.

„Also die Vermutung eines unnatürlichen Todes kam von Ihnen Herr Pieroth?"

„Nein, eigentlich vom ältesten Sohn des Verstorbenen. Wir hatten lediglich den Auftrag Beweise für seine Vermutung zu finden und unsere Ermittlungen erhärteten den Verdacht."

„Da lagen Sie goldrichtig."

„Ich frage mich nur, wieso zum Teufel ein bekannter und renommierter Arzt dazu kommt, multiples Organversagen in den Totenschein zu schreiben."

„Im Grunde lag er damit sogar richtig."

„Wie meinen Sie das?"

„Sehen Sie hier."

„Ich gehe dann mal raus", sagte Sommer und ging vor die Tür, während Pieroth und Schumann an den Beistelltisch aus poliertem Edelstahl traten, auf dem die entnommenen Organe in Nierenschalen bereitgestellt waren.

„Ihr Kollege hat wohl einen schwachen Magen", grinste der Pathologe.

„Also dies hier sind die Organe des Mannes. Leber, Milz, Nieren und der Magen. Den Rest habe ich schon wieder zurück verortet. Fällt Ihnen etwas auf, außer den altersbedingten Erscheinungen?"

Schumann und Pieroth beugten sich über die Schalen mit den Organen.

„Und? Fällt Ihnen nichts auf?"

„Tja Doktor, wenn ich es jetzt nicht besser wüsste, würde ich sagen, dass diese Organe hier, bis auf den Magen, schon wesentlich älter sind."

„Genau. So etwas ist mir in meiner langjährigen Praxis noch nicht untergekommen."

„Was soll das heißen?", fragte Schumann, der etwas überfordert wirkte.

„Das heißt, mein lieber Kommissar, dass diese Organe bereits zu Lebzeiten dieses Mannes mumifiziert wurden. Daher ist auch die Diagnose des Hausarztes richtig. Diese Organe haben versagt. Zwangsläufig versagt. Fragen Sie mich aber nicht wie das möglich ist."

„Also Mord?"

„Herr Schumann, aus medizinischer Sicht habe ich ehrlich gesagt noch keine Erklärung. Also kann ich Ihre Frage nicht mit ja oder nein beantworten. Ich weiß nur eines, natürlich ist das nicht. Und noch etwas. Bei der Untersuchung des Gehirns habe ich auch Anomalien festgestellt. Und zwar im Lobus Temporalis. Speziell im Hippocampus."

„Das könnte doch zu Gedächtnisverlust führen, oder?"

„Genauso ist es Herr Pieroth."

„Danke Doktor, Sie haben uns sehr geholfen."

„Kommen Sie Pieroth, das muss ich erst einmal verdauen."

„Fahren Sie mit ins Präsidium?", fragte Schumann, als sie im Hof des Instituts standen. „Da müssen Sie mir dann mal alles erklären. Ich verstehe es nämlich immer noch nicht, was da abgelaufen ist."

„Nein, aber Sie können mit zu uns kommen. Franks Kaffee ist auch wesentlich besser, als der bei euch in der Kantine."

„Na gut. Überredet."

***

„Na, dann schießen Sie mal los", drängte Schumann, als sie in Pieroths Büro Platz genommen hatten.

„Wenn es wahr ist was ich vermute, dann ist das im wahrsten Sinne des Wortes so unglaublich, dass es mir niemand abnehmen wird."

„Sie nicht auch noch. Ich will jetzt wissen, was hier los ist, verdammt."

„Ich habe noch keine Beweise und an Spekulationen beteilige ich mich nicht. Falls meine Vermutungen aber stimmen, war das ein Mord der so in der

Geschichte noch nicht vorgekommen sein dürfte. Jedenfalls ist mir nichts Ähnliches bekannt."

„Kommen Sie, Pieroth. Irgendwas können Sie doch sagen."

„Ich kann Ihnen sagen, dass die mumifizierten Organe kein Zufall sind, sondern das Ergebnis eines paranormalen Vorgangs."

Schumann stierte ihn an.

„Sie wollen mir doch jetzt hier keinen Mummenschanz auftischen, oder?"

„Sehen Sie, genau deshalb möchte ich ohne Beweise nicht mehr sagen. Sie würden es ohnehin nicht glauben."

„Und was war das mit dem Hippodingsbumms?"

„Das ist ein Teil des Temporallappens im Gehirn, der auch für das Gedächtnis zuständig ist. Wenn es da Anomalien gab, erklärt das die Aussetzer des Opfers in der letzten Zeit."

„Na schön, und wann haben Sie Beweise?"

„Ich denke in zwei oder drei Tagen werde ich alles zusammen haben. Sie sind der erste, der es erfährt."

8

„Wie willst du das denn in der kurzen Zeit schaffen?", fragte Sommer, nachdem sich der Kommissar verabschiedet hatte und sie bei ihrem verspäteten Frühstück saßen.

„Ist das nicht sehr optimistisch?"

„Ja, du hast recht. Vielleicht brauche ich noch einen Tag länger."

Sommer musste schmunzeln. Woher nahm sein Freund wohl nur immer dieses unglaubliche Selbstbewusstsein?

Pieroth biss genüsslich in sein, mit Ingwermarmelade bestrichenes Brötchen.

„Zuerst fahren wir zum Haus des Verstorbenen. Ich muss da ja noch etwas überprüfen. Danach musst du noch tiefer in das Privatleben der Geschwister eintauchen. Ich möchte vor allem ganz genau wissen, für was sie ihr Geld ausgeben und welche Geldflüsse es sonst noch gibt."

„Aber das weißt du doch schon alles."

„Ich weiß es nur pauschal. Ich muss es aber genau wissen. Punkt für Punkt."

***

Eine halbe Stunde später standen sie vor dem

Anwesen des verstorbenen Julius Schönfelder, was einen verlassenen Eindruck machte, obwohl es zwischen anderen bewohnten Gebäuden und gepflegten Vorgärten eingebettet lag.

„Guten Morgen Frau Maurer. Ich hoffen Sie erinnern sich noch an uns?"

„Ja, aber was möchten Sie denn noch? Sie haben doch schon alles gesehen."

„Ich möchte noch etwas überprüfen und dann hätte ich noch eine Frage. Dürfen wir eintreten?"

„Ja bitte."

Sie trat schnell zur Seite und ließ ihre Besucher in die Diele.

„Wenn ich darf, würde ich gerne im Salon und im Schlafzimmer noch einmal etwas nachsehen."

„Bitte. Ich bin in der Küche dort hinten, wenn Sie mich brauchen."

„Danke."

Pieroth gab Sommer ein Zeichen ihm zu folgen. Im Salon, wie er den Wohnraum nannte, öffnete er wieder die oberste Schublade der kleinen Kommode, die links neben dem Lehnsessel stand.

„Dachte ich mir doch."

„Was dachtest du?"

„Es ist weg."

„Von was redest du?"

„Du kannst dich doch daran erinnern, dass sich hier in dieser Schublade so eine seltsame Kugel befand, oder?"

„Ja, dieses Lot, oder was ähnliches."

„Genau und das ist nun weg. Sehen wir mal oben im Schlafzimmer nach."

Pieroth eilte nach oben und öffnete die Schublade des Nachttischs.

„Die ist auch weg."

„Vielleicht hat sie Frau Maurer ja auch irgendwo anders hingelegt", meinte Sommer, aber er klang nicht gerade optimistisch.

„Nein, ich bin sicher, die hat jemand abgeholt. Fragen wir mal nach."

Angelika Maurer bereitete gerade in der Küche ihr Mittagessen zu.

„Und, haben Sie alles überprüft?"

„Ja, danke. Sagen Sie, gab es außer Doktor Cornelius noch jemand anderes, der sich um Ihren Arbeitgeber kümmerte. Ich meine jetzt auch außer Ihnen."

Sie hielt kurz inne.

„Ja. Da kam die letzten drei oder vier Monate so eine Heilerin."

Ein breites Grinsen zog sich über Pieroths Gesicht.

„Dachte ich es mir doch. Haben Sie zufällig den Namen dieser Heilerin?"

„Warten Sie, neben dem Telefon draußen muss noch eine Karte liegen."

Sie gingen hinaus in die Diele, wo Frau Maurer ihnen eine bunte Visitenkarte aushändigte.

„Danke Frau Maurer. Wissen Sie zufällig, wer diese Heilerin beauftragt hat?"

„Na, Herr Schönfelder."

„Gustav Schönfelder?"

„Nein, sein Bruder."

„Noch eine letzte Frage, dann sind Sie uns los. Wer war nach unserem letzten Besuch alles hier?"

***

„Ich verstehe überhaupt nichts mehr", beschwerte sich Sommer auf dem Rückweg.

„Was hat es damit auf sich? Was spielt diese Heilerin für eine Rolle?"

„Das erkläre ich dir zu Hause, aber vorher muss ich noch etwas recherchieren."

Während Sommer den Wagen in die Garage fuhr, verschwand Pieroth sofort in seinem Büro und setzte sich an seinen Laptop.

Etwa eine Stunde später kam er kurz heraus, schnappte sich das Telefon und war wieder verschwunden.

***

Ewald Schönfelder lief nervös mit dem Handy am

Ohr in seinem Wohnzimmer auf und ab.

„Wenn ich es Ihnen doch sage, Herr Mockenhaupt, ich habe das Geld und ich zahle Ihnen alle Ausstände bis zum Wochenende, aber bitte besorgen Sie mir den *Sidereus Nuncius*…nein, nicht eine Ausgabe, sondern *die* Ausgabe von 1610 aus der *Offizin* von *Thomas Baglioni*…ja, nur die…ja ich weiß, was die kostet…kein Problem. Sie bekommen Ihr Geld. Ich verlasse mich auf Sie."

Nachdem er das Gespräch beendet hatte, wischte er sich den Schweiß von der Stirn und schenkte sich einen großzügig bemessenen Cognac ein.

„Endlich! Ein großer Tag!", dachte er und tänzelte übermütig in die Bibliothek.

Schon sehr bald würde er im Besitz eines der seltensten und wertvollsten Bücher sein. Klappt doch alles wunderbar. Zum Teufel mit der Firma und seinen Geschwistern.

***

„Hast du Lust auf einen kleinen Spaziergang?", fragte Pieroth, als er eine Stunde später in Sommers Büro erschien.

„Was ist passiert?", fragte Sommer erstaunt.

„Wieso? Was sollte passiert sein?"

„Wenn du dich freiwillig bewegst muss etwas passiert sein."

„Nein, ich kann dich beruhigen. Ich möchte nur einmal mit dieser Heilerin sprechen und die wohnt nicht weit von hier."

Die beiden schlenderten, die Hände in den Manteltaschen vergraben, gemächlich durch die Mühlheimer Altstadt.

Vor einem kleinen Haus in der Angergasse blieben sie stehen.

„Das hier müsste es sein."

Pieroth drückte auf den Klingelknopf und kurz darauf ertönte der Summer.

Die Frau, die sie im Erdgeschoss empfing, war etwa fünfzig Jahre alt, trug Jeans, einen lässigen Pullover und Turnschuhe und sah so ganz anders aus, als Sommer sich eine Heilerin vorgestellt hatte. Er hätte jetzt eine Frau mit wehenden, langen Haaren und wallenden Gewändern vermutet.

„Guten Tag meine Herren. Was kann ich für Sie tun?"

„Guten Tag. Sind Sie Frau Scherer?"

„Ja, um was geht es?"

„Mein Name ist Pieroth. Ich bin Privatermittler und dies hier ist mein Kollege Sommer. Wir wurden beauftragt die Todesumstände von Herrn Schönfelder zu untersuchen."

„Ah ja, der arme Mann. Kommen Sie bitte herein."

Sie führte ihre beiden Besucher in einen spartanisch eingerichteten Raum, in dem neben einer Massageliege und einem kleinen Schreibtisch nur noch vier Stühle um einen flachen Tisch gruppiert waren. An einer Wand gab es ein Regal, in dem allerlei Fläschchen und Dosen aufbewahrt wurden.

„Bitte nehmen Sie Platz."

„Frau Scherer, entspricht es den Tatsachen, dass Sie von Herrn Ewald Schönfelder beauftragt wurden seinen Vater zu behandeln?"

„Ja. Er rief mich vor etwas mehr als drei Monaten an und fragte, ob ich etwas für seinen Vater tun könnte. Er hätte Gelenkarthrose und dadurch Probleme beim Laufen oder auch beim Treppensteigen. Eine Woche später hatte ich den ersten Termin."

„Darf ich fragen welcher Art die Behandlung war?"

„Sicher. Ich behandelte ihn mit Reiki und Pendel. Zwischendurch gab ich auch mal eine Massage."

„Bekamen Sie auch eine Rückmeldung?"

„Ja, schon nach relativ kurzer Zeit sagte er mir, dass er sich wesentlich besser fühle. Erst in den letzten Wochen hat er mir gar nicht gefallen."

„Wie das?"

„Er fühlte sich öfter unwohl."

„Als ob er etwas falsches gegessen hatte?"

„Ja, aber das konnte nicht sein."

„Warum?"

„Weil wir gleich am Anfang meiner Behandlung seine Ernährung umgestellt hatten."

„Wie darf ich das verstehen?"

„Keinen Zucker, keine Weizenprodukte, wenig rotes Fleisch, mehr Fisch und Geflügel, viel Gemüse und Salat. Frau Maurer, seine Haushälterin hat auch sehr streng auf die Einhaltung geachtet. Was er in der Firma zu sich nahm, konnten wir natürlich nicht beeinflussen, aber er behauptete sich an die Vorgaben zu halten."

„Ah, und ist Ihnen sonst noch etwas aufgefallen?"

„Ja, er wirkte in letzter Zeit etwas zerstreut."

„Wann hatten Sie denn die letzte Behandlung?"

„Einen Tag vor seinem Tod hatten wir einen Termin, aber da wollte er keine Behandlung und hat mich weggeschickt."

Pieroth erhob sich.

„Vielen Dank Frau Scherer. Sie haben uns sehr geholfen."

„Ich bringe Sie hinaus. Auf wiedersehen."

***

„Und was hat dir das nun gebracht?", fragte Sommer auf dem Rückweg.

„Das Gespräch hat meinen Verdacht erhärtet und

der ganze Ablauf manifestiert sich so langsam in meinem Kopf."

„Dann pass auf, dass du ihn nicht herauslässt und ich etwas mitbekomme", meinte Sommer sarkastisch, was Pieroth geflissentlich überhörte.

„Komm, wir gehen zu der Metzgerei dort vorne und holen uns etwas Gutes. Nach so viel Gesundheit hätte ich jetzt große Lust auf Mettbrötchen."

„Meinetwegen. Hauptsache nichts erzählen", schmollte Sommer weiter.

***

„Wie weit bist du mit deinen Recherchen?", fragte Pieroth während des Abendessens.

„Ich habe dir die Berichte schon ausgedruckt. Du hattest recht. Auf den zweiten Blick stellen sich einige Dinge nochmal in einem anderen Licht dar."

„Und die wären?"

„Nun, da hätten wir den lieben Ewald Schönfelder. Wir wussten ja schon, dass er über seine Verhältnisse lebt. Nun hat er bei einem der renommiertesten Antiquariate in diesem Land ein Buch bestellt, das über eine Millionen Euro kosten soll. Außerdem hat er dort eine Menge Schulden."

„Na sieh einer an. Da käme ihm eine horrende Abfindung bei einem Verkauf der Firma gerade recht."

„Gibt es sowas überhaupt? Wer bezahlt denn so

viel Geld für ein Buch?"

„Da gibt es viele. Kommt auch darauf an, um welches Buch es sich handelt."

„Warte, ich hab's aufgeschrieben."

Sommer eilte in sein Büro und kam kurz darauf mit seinem Notizblock in der Hand wieder zurück.

„Also das Buch heißt *Sidereus Nuncius*. Was auch immer das ist."

Pieroth ließ sein Besteck sinken und lehnte sich ehrfurchtsvoll zurück.

„Donnerwetter! Dieses Buch erschien Anfang des siebzehnten Jahrhunderts in Venedig in einer kleinen Auflage von wenigen hundert Exemplaren."

„Und was steht da drin?"

„Kurz gesagt, beschreibt Galileo Galilei darin seine Beobachtungen des Mondes und der Sterne, die er durch ein Fernrohr gemacht hatte. Vor einigen Jahren wurde ein Exemplar, was über eine Millionen Dollar gekostet hatte, als Fälschung enttarnt."

„Das wäre mir alles zu unsicher und zu teuer."

„Was hast du noch?"

„Der Herr Steuerberater hat wohl systematisch Geld aus der Firma gezogen und es auf das Konto einer Briefkastenfirma auf Guernsey transferiert. Da verliert sich die Spur."

„Ist klar. Guernsey hat immer noch einen Offshore

Status und das innerhalb der EU und ganz legal. Bin mal gespannt wie das nach einem Brexit aussieht."

„Wie auch immer, die beiden profitieren auch vom Tod des Alten."

„Ja, sieht so aus. Und was ist mit unserem Auftraggeber?"

„Nichts."

„Wie, nichts?"

„So wie es aussieht, hat er als einziger eine weiße Weste. Keine seltsamen Geldflüsse, keine teuren Hobbys. Eben nichts Auffälliges."

„So etwas ist mir eigentlich immer suspekt. Na gut, dann hätten wir fast alles zusammen. Ich möchte jetzt nur noch wissen, was in dem Testament steht. Kümmerst du dich bitte darum?"

9

Sommer hatte gerade ein Telefonat beendet, als plötzlich Pieroth in seinem Büro erschien.

„Ich muss jetzt gleich weg und nehme den Wagen. Voraussichtlich bin ich erst gegen Abend zurück."

„Wo willst du hin?"

„Ich habe einen Termin in Weilburg bei einer bekannten Radiästhesistin. Das wird hoffentlich das letzte Puzzleteilchen sein, was uns noch fehlt."

„Aha", meinte Sommer, der nichts von dem verstanden hatte.

„Für dich hätte ich noch einen Auftrag. Bestellst du bitte für morgen alle Schönfelders und den Schwager hierher zu uns."

„Wie? Alle auf einmal?"

„Nein, natürlich nicht. Sagen wir ab elf Uhr alle zwei Stunden, damit sie sich hier nicht begegnen."

„Gut, und wen zuerst?"

„Erst Ewald, dann Dorothea mit ihrem Mann und zuletzt Gustav. Der wohnt ja auch fast um die Ecke."

„Und was mache ich, wenn sich jemand weigert?"

„Dann sag von mir aus, dass wir sie sonst von der Polizei vorladen lassen."

„Sonst noch etwas?", grinste Sommer.

„Ja, du rufst Frau Maurer an und sagst ihr, dass wir übermorgen um zehn Uhr mit der ganzen Familie Schönfelder in dem Haus erscheinen. Wir werden diesen Salon für das Treffen nutzen."

„Was hast du denn da vor?"

„Da werde ich Schumann den Mörder von Julius Schönfelder übergeben."

„Du weißt wer es war?"

„Noch ist es eine Vermutung. Deshalb muss ich ja jetzt weg. Wenn ich zurückkomme wird es Gewissheit sein."

Sommer platzte zwar vor Neugier, wusste aber dass es keinen Sinn machte ihn zu fragen. Er würde ohnehin nichts preisgeben. Also beließ er es dabei und machte sich an die Arbeit.

***

Nach über einer Stunde Fahrt durch den Taunus stellte Pieroth den Jaguar auf einem Parkplatz direkt an der Lahn ab und spazierte das kurze Stück zu der Adresse, die diese Expertin in Sachen Radionik ihm am Telefon genannt hatte.

Von außen machte das Haus einen ganz unauffälligen Eindruck, aber was hatte er erwartet? Vielleicht etwas so außergewöhnliches, wie diese Parawissenschaft selbst? Eine Frau von etwa fünfundvierzig Jahren öffnete ihm die Tür und bat ihn herein.

Das Interieur entsprach schon eher seinen Vorstellungen, die er sich vorab gemacht hatte. Überall standen kleine und große Buddha Statuen herum und an den Wänden, die in Erdtönen gestrichen waren, hingen Bilder indischer Gottheiten. Es roch nach Räucherstäbchen und Weihrauch. Diesen Geruch, den er noch aus seiner Kindheit kannte, als seine Eltern ihn sonntags mit in die Kirche nahmen.

„Bitte nehmen Sie Platz. Was kann ich denn für Sie tun, Herr Pieroth?"

Er setzte sich in einen bequemen Ledersessel.

„Tja, Frau Schulz, es ist nicht sehr leicht zu beschreiben."

„Versuchen Sie es einfach", entgegnete sie lächelnd.

„Ich muss vorausschicken, dass ich ein Büro für Privatermittlungen habe."

„Eine Detektei…"

„Diese Bezeichnung verwende ich nicht gerne."

„Entschuldigung…"

„Schon gut. Also am Montag letzter Woche kam ein Mann zu mir und beauftragte mich den Tod seines Vaters zu untersuchen. Er hegte den Verdacht, dass er keines natürlichen Todes gestorben sei, obwohl sowohl das Alter, er war vierundachtzig, als auch der ärztliche Befund etwas anderes aussagten.

Ich muss dabei erwähnen, dass mein Auftraggeber einer von drei Geschäftsführern eines großen Unternehmens ist, in dem der verstorbene Vater aber das Sagen hatte. Wir begannen mit den Ermittlungen und hatten schnell genügend Indizien, die den Verdacht rechtfertigten. Ich schaltete die Kriminalpolizei ein, die eine Exhumierung und eine gerichtsmedizinische Untersuchung veranlasste. Das Ergebnis war verblüffend. Der alte Mann war zwar an multiplen Organversagen gestorben, wie es auch im Totenschein stand, aber die Ursache waren regelrecht mumifizierte Organe. So etwas hatte selbst der Pathologe noch nicht gesehen. Bei der Untersuchung der Villa des Verstorbenen fand ich zwei seltsame Kugeln mit Zeichen und Buchstaben. Da ich eine Vermutung hatte um was es sich dabei handeln könnte, besorgte ich mir entsprechende Fachliteratur und fand darin meinen Verdacht bestätigt. Dann machte ich Sie als Expertin ausfindig um mich zu vergewissern, dass ich richtig liege."

„Ich denke schon. Bei diesen Kugeln, wie Sie sie beschreiben, dürfte es sich um die Universalpendel handeln. Ich hole mal eins, dann könnten Sie es bestätigen."

Kurz darauf kam sie zurück und hielt eine schwarze Schnur in der Hand, an deren unteren Ende eine schwarze Kugel hing, die exakt das gleiche Aussehen hatte wie die beiden, die er in Schönfelders Haus sah.

„Genau so sahen sie aus. Was hat es genau damit auf sich?"

„Dies hier ist das große Universalpendel. Es wird hauptsächlich zur Arbeit an feinstofflichen Energiefeldern benutzt, aber auch zur unterstützenden Behandlung bestimmter Krankheitssymptome. Die Wirkung dieser Pendel war schon vor tausenden von Jahren den alten Ägyptern bekannt. Sie sehen die Striche hier auf der Kugel. Der weiße Strich ist der Elektromagnetische Äquator. Er gliedert sich in vierundzwanzig Farben. Der blaue ist der magnetische Meridian, der sich in zwölf Farben gliedert, ebenso wie der elektrische Meridian, der hier rot eingezeichnet ist. Diese Farben werden durch eben jene griechischen und Buchstaben unseres Alphabets dargestellt. Dabei gibt es einen Farbbereich, den man als unkundiger absolut meiden sollte. Sehen Sie hier, er ist mit *Sch* und *Gr-* gekennzeichnet. Bei unsachgemäßer Handhabung kann es in diesen Bereichen zu schweren gesundheitlichen Schäden kommen. Besonders der Bereich *Gr-*. Er wird von sachkundigen Radiästhesisten genutzt um Tumore zu behandeln."

„Ich verstehe. Diese Einstellung lässt bei sachgemäßer Behandlung Tumore schrumpfen."

„Genau. Diese sogenannte Grün minus Strahlung kann aber auf Dauer und unsachgemäßer Handhabung eben auch zu solchen Erscheinungen, wie die einer Mumifizierung von inneren Organen führen. Daher muss man das Pendel nach der Behandlung sofort wieder auf Grün plus stellen."

„Aha, wenn nun zwei dieser Pendel dauerhaft auf Grün minus stehen und an exponierter Stelle versteckt sind, kann das zum Tod führen?"

„Unter Umständen ja. Es müsste aber über einen längeren Zeitraum geschehen. Außerdem hängt es von der Konstitution eines Menschen ab."

„Ein alter Mensch, wie in unserem Fall, wäre da wohl anfälliger."

„Sehr wahrscheinlich."

„Und von welchem Zeitrahmen sprechen wir?"

„Schwer zu sagen, aber ich denke es müssten mehrere Monate sein."

„Haben Sie vielen Dank, Frau Schulz. Sie haben uns sehr geholfen. Aber eine Frage hätte ich noch. Hat jemand in den letzten vier Monaten zwei dieser Pendel bei Ihnen gekauft?"

***

Zufrieden und mit einem breiten Grinsen im Gesicht ging Pieroth zurück zu seinem Wagen und fuhr gemächlich zurück.

In der Diele traf er auf Frank Sommer, der gerade auf dem Weg in die Küche war.

„Und? Warst du erfolgreich?"

„Und wie. Jetzt haben wir ihn. Könntest du mir bitte einen Kaffee machen? Dann erzähle ich dir alles."

„Ja, sicher."

Als Sommer zehn Minuten später mit zwei Kaffeebechern in der Hand in Pieroths Büro erschien, lehnte der schon selbstzufrieden in seinem Sessel.

„Jetzt bin ich aber gespannt."

„Wie du weißt, war ich heute in Weilburg bei einer Expertin in Sachen Radionik. Von Ihr habe ich folgendes erfahren…"

10

Sommer saß an Pieroths Schreibtisch und hörte gespannt dessen Ausführungen zu. Anschließend saß er einen Moment lang mit offenem Mund da, unfähig irgendetwas zu äußern.

„Das ist mir zu hoch. Das kann ich kaum glauben", stammelte er dann.

„Es ist aber so. Hast du alle für morgen bestellt?"

„Ja. Sie kommen zwar widerwillig, aber sie kommen."

„Sehr gut. Dann ruf bitte noch Schumann an und bestelle ihn für übermorgen um punkt zehn Uhr zu Schönfelders Villa in Lämmerspiel."

„Und was soll ich ihm sagen, wenn er nach dem Grund fragt?"

„Sag ihm einfach, er kann sich dort seinen Mörder abholen."

„Na gut", meinte Sommer und ging hinaus.

Als er dann endlich Kommissar Schumann am Telefon hatte, war dieser nicht sonderlich erbaut über die Vorgehensweise.

„Was soll denn der Auflauf dort? Er kann mir doch einfach sagen, wer es war und gut ist's."

„Er will ihn wahrscheinlich dort erst entlarven.

Außerdem kennen Sie ihn doch auch schon etwas länger. Er hat nun einmal den Hang zu solchen dramatischen Inszenierungen."

„Na gut, ich komme."

***

Am nächsten Tag erschien Ewald Schönfelder um kurz nach elf Uhr. Er sah nicht gerade sehr erfreut aus, sagte aber nichts.

Sommer führte ihn gleich in Pieroths Büro.

„Guten Tag Herr Schönfelder. Nett dass Sie es einrichten konnten."

„Hatte ich denn eine Wahl?"

„So betrachtet, eigentlich nicht. Nehmen Sie bitte Platz."

„Ein sehr schönes Anwesen haben Sie hier. Ich wusste gar nicht, dass man als Detektiv so viel verdient."

„Tut man auch nicht. Ich bin finanziell unabhängig und im Übrigen ich bevorzuge die Bezeichnung Ermittler."

„Von mir aus. Auch gut. Was kann ich für Sie tun? Ich dachte, ich hätte schon alles gesagt, was Sie wissen müssen."

„Ein paar kleine Details wären da doch noch zu klären."

„Und welche?"

„Nun, da wäre Ihre finanzielle Situation. Sie beziehen zwar ein fürstliches Einkommen, was aber für Ihren Lebensstil und vor allem für Ihr teures Hobby nicht ausreicht."

„Das Geht Sie doch gar nichts an. Woher wissen Sie das überhaupt?"

„Ich weiß es eben. Ist es nicht so, dass Sie über Ihre Verhältnisse leben?"

Er zuckte mit den Schultern und lehnte sich entspannt zurück.

„Das Leben ist teuer", meinte er gleichgültig.

„Wie ich hörte, haben Sie auch eine sehr exquisite Bibliothek mit einigen sehr wertvollen Exemplaren."

„Ja, das stimmt."

Stolz klang in Ewald Schönfelders Stimme mit.

„Was sind denn da so Ihre wertvollsten Errungenschaften?"

„Nun, ich habe einige, die mich schon einen sechsstelligen Betrag gekostet haben."

„Aha, und wie finanzieren Sie das mit Ihren Einkünften? Ihr Vater hatte, wie ich nun weiß, die Obergrenze der Einkommen für die Geschäftsleitung festgelegt."

„Ich weiß zwar nicht woher Sie das nun schon wieder wissen, aber es stimmt. Der alte Sturkopf ließ da nicht mit sich reden."

„Und doch interessieren Sie sich für die *Sidereus Nuncius*."

Schönfelder stockte einen Moment, dann erhob er sich.

„Man wird ja wohl noch träumen dürfen. Das war es dann wohl."

„Setzen Sie sich bitte. Ich bin noch nicht fertig."

Pieroths Stimme klang nicht mehr freundlich und hatte einen scharfen Unterton bekommen.

Schönfelder blieb verdutzt stehen, dann nahm er wieder zögernd Platz. Er war es offensichtlich nicht gewohnt, dass ihn jemand in diesem Ton ansprach.

„Was gibt es denn noch?"

„Ist es richtig, dass Sie eine Heilerin für Ihren Vater engagiert haben?"

„Ja, warum?"

„Eben, warum?"

„Hören Sie. Mein Vater hatte Gelenkschmerzen durch seine Arthrose und die Tabletten, die er vom Arzt bekam, halfen da nicht viel. Da bekam ich den Tipp mit dieser Heilerin. Sie arbeitet mit Handauflegen und Pendeln. Ich dachte vielleicht hilft es dem alten Herrn."

„Und hat es?"

„Er war felsenfest davon überzeugt. Sie heißt übrigens Karin Scherer und wohnt hier in Mühlheim."

„Ja, ich habe ihre Karte."

Dass er schon mit ihr gesprochen hatte, wollte er natürlich nicht preisgeben.

„Dann kann ich ja jetzt wohl gehen. Auf Wiedersehen."

„Ganz bestimmt. Kommen Sie morgen bitte pünktlich um zehn Uhr zum Haus Ihres Vaters."

„Was? Wieso? Was soll ich da?"

„Das werden Sie dann schon erfahren."

***

„Das ist ja wohl eine Unverschämtheit uns einfach hierher zu bestellen", tobte Dorothea Wiedmann, kaum dass Sommer sie hereingelassen hatte.

„Das können Sie gleich alles meinem Chef sagen. Wenn Sie mir bitte folgen wollen."

Sommer klopfte an Pieroths Bürotür und ließ die beiden Besucher eintreten.

„Guten Tag Frau Wiedmann, Herr Wiedmann. Schön, dass Sie es einrichten konnten."

„Sie haben uns ja wohl kaum eine andere Wahl gelassen. Was soll der Zirkus?", echauffierte sie sich weiter.

„Nehmen Sie bitte Platz. Ich habe nur noch ein paar Fragen."

„Na gut, wenn wir schon einmal hier sind. Fragen Sie."

„Frau Wiedmann, trifft es zu, dass Sie die Firma an einen Investor verkaufen wollen?"

Pieroth merkte, dass sie kurz um Fassung rang, während ihr Mann sie erschrocken anstarrte. Dann straffte sie sich und sah ihn herausfordernd an. Diese Frau hatte sich unglaublich gut unter Kontrolle.

„Ja und wenn? Ich wüsste nicht was Sie das angeht."

„Ich sammele nur Fakten um ein komplettes Bild zu bekommen. In den letzten Monaten sind Gelder aus der Firma abgezogen worden. Wissen Sie etwas darüber, Herr Wiedmann?"

„Siehst du...", wandte er sich an seine Frau, „ich habe es dir ja gesagt..."

Er hatte offensichtlich nicht die Nervenstärke seiner Frau.

„Sei still, du Trottel!", giftete sie ihn an.

„Also?"

„Sehen Sie", ergriff Dorothea das Wort, „es ging um dringende Investitionen um wettbewerbsfähig zu bleiben. Da die Gelder von meinem Vater nicht genehmigt wurden, mussten wir einen anderen Weg gehen. Das ist alles."

„Na, wenn das so ist. Ich danke Ihnen für Ihr Erscheinen."

„War es das?"

„Vorerst ja. Ach, und kommen Sie bitte morgen pünktlich um zehn Uhr zum Haus Ihres Vaters."

„Warum? Das sehe ich überhaupt nicht ein."

„Es ist in Ihrem Interesse. Anderenfalls kann ich Sie auch von der Polizei vorladen lassen. Auf wiedersehen."

Sie sah ihn noch kurz mit einem hasserfüllten Blick an, dann drehte sie sich um und verschwand.

***

Zuletzt erschien gegen fünfzehn Uhr ihr Auftraggeber Gustav Schönfelder.

Nachdem er Platz genommen hatte, äußerte er sofort seinen Unmut über dieses Treffen.

„Ich habe Ihnen und Ihrem Gehilfen bereits alles gesagt, was es zu sagen gibt. Was soll ich also hier?"

Pieroth lehnte sich lässig in seinem Sessel zurück, stützte die Ellenbogen auf die Armlehne und legte die Fingerkuppen gegeneinander.

„Zuerst muss ich etwas richtig stellen. Herr Sommer ist mein Assistent und Mitarbeiter und nicht mein Gehilfe. Soviel dazu. Ich habe Sie hierher gebeten, weil ich noch ein paar Antworten benötige."

„Was denn noch?"

„Wussten Sie, dass Ihr Herr Vater vorhatte mit einem englischen Konzern zu fusionieren?"

Schönfelder starrte Pieroth einen Momentlang an,

dann gab er sich einen Ruck.

„Wenn Sie es ohnehin schon wissen, ja ich wusste davon."

„Und wie war Ihre Reaktion darauf?"

„Das war eine seiner Launen. Das hätte er nie umgesetzt. Das war schnell vom Tisch."

„In einer Ergänzung zum seinem Testament hat Ihr Vater sein Anwesen in Lämmerspiel seiner Haushälterin vermacht. Hat Sie das nicht überrascht?"

„Doch schon, aber ich habe ein Haus und meine Geschwister auch. Soll sie damit glücklich werden. Ich brauche es nicht."

„Weiß sie schon etwas davon?"

„Nein, es gab noch keine Gelegenheit es ihr zu sagen."

„Aber hätte sie nicht bei der Testamentsverlesung anwesend sein sollen?"

„Der Notar hat sie wohl nicht erreicht."

„In der ganzen Zeit? Schwer vorstellbar. Nun gut. Lassen wir das einmal so stehen. Das wäre dann alles für heute."

„Dafür musste ich mich extra hierher bemühen?"

„Ich sehe den Leuten gerne in die Augen, wenn ich mit ihnen spreche und außerdem haben Sie es ja nicht so weit."

Schönfelder stemmte sich aus dem Sessel und ging

Richtung Tür.

„Dann auf Wiedersehen."

„Ja, morgen um zehn Uhr im Haus Ihres Vaters. Seien Sie bitte pünktlich."

„Wieso das denn?"

„Da bekommen Sie das Ergebnis des Auftrags, den Sie uns erteilt haben."

11

Pieroth, Sommer und Kommissar Schumann waren an diesem Samstagvormittag schon frühzeitig in Schönfelders Villa angekommen.

Frau Maurer hatte ausreichend Sitzgelegenheiten im Salon bereitgestellt.

Nach und nach erschienen zuerst Gustav Schönfelder, dann seine Schwester Dorothea und ihr Mann.

Allen stand zwar eine gewisse Anspannung ins Gesicht geschrieben, aber sie gaben sich betont gelassen. Keine Miene verriet ihre Neugier.

Als letzter wurde Ewald Schönfelder von Angelika Maurer in den Salon geführt, in dem alle anderen, mit Ausnahme von Kommissar Schumann, Frank Sommer und Henry Pieroth selbst, schon Platz genommen hatten.

Schumann und Sommer standen links und rechts neben der Tür, die zur Diele führte und Pieroth neben dem Lehnsessel des verstorbenen Hausherrn.

„Bleiben Sie ruhig hier, Frau Maurer", rief Pieroth der Hausangestellten zu, die den Raum wieder verlassen wollte. „Nehmen Sie bitte Platz."

„Warum? Was soll das?", echauffierte sich Gustav

Schönfelder. „Was hat das Personal mit unserer Familienangelegenheit zu tun?"

„Oh, ziemlich viel", entgegnete Pieroth ruhig, „sie ist in den Fall involviert und unter Umständen auch eine wichtige Zeugin."

Frau Maurer war es sichtlich unwohl, als die Blicke der anderen sich unmittelbar auf sie richteten.

„Meine Damen, meine Herren, ich danke Ihnen, dass Sie trotz Wochenende Zeit gefunden haben meiner Bitte zu diesem Treffen zu folgen. Der Grund dieser Zusammenkunft ist der, dass ich Ihnen das Ergebnis unserer Ermittlungen, zu denen wir von Herrn Gustav Schönfelder beauftragt wurden, nun mitteilen möchte. Doch zuvor darf ich Ihnen noch Herrn Hauptkommissar Schumann von der Kriminalpolizei in Offenbach vorstellen."

Alle Blicke richteten sich auf den Mann links neben der Tür und Schumann deutete eine kurze Verbeugung an.

„Was hat denn die Kripo damit zu tun?", fragte der nun sichtlich nervöse Andreas Wiedmann.

„Ganz einfach. Da es sich um den Verdacht einer vorsätzlichen Tötung handelt, was ja auch der Grund für unseren Auftrag war, ist die Polizei nun einmal die wichtigste Instanz."

„Und der Verdacht? Hat er sich bestätigt?", fragte

Ewald Schönfelder vorsichtig.

„Ja, und deshalb sind Sie alle hier."

Betretenes Schweigen.

„Ich möchte Ihnen nun das Ergebnis unserer Ermittlungen darlegen. Korrigieren Sie mich bitte, wenn ich etwas Falsches sagen sollte. Innerhalb Ihrer Familie herrschte in letzter Zeit ein spannungsgeladenes Klima. Der Grund dafür waren die unterschiedlichen Interessen der einzelnen Familienmitglieder in Bezug auf das Unternehmen."

Dorothea Wiedmann hob kurz die Hand, als ob sie einen Einwand hätte, ließ sie dann aber gleich wieder sinken.

„Sie Frau Wiedmann wollten das Unternehmen verkaufen und zwar an einen chinesischen Investor, der bereit war einen mehr als angemessenen Preis zu zahlen."

„Woher wissen Sie das?"

„Sie haben es mir gestern bestätigt."

„Ja, aber wir haben nicht über den Preis gesprochen."

„Stimmt es nun, oder nicht?"

„Na und, was ist dabei? So ist der Markt."

„Es ist heute nicht mehr zeitgemäß solch ein Unternehmen wie einen Tante Emma Laden zu führen", warf ihr Mann ein.

„Zu Ihnen kommen wir noch. Sie wollten verkaufen um ein luxuriöses Leben führen zu können, wie Sie es sich vorstellen. Ihr Bruder Gustav hatte allerdings etwas dagegen. Er wollte einem Verkauf nicht zustimmen, was aber laut Gesellschaftervertrag notwendig gewesen wäre."

„Wie sie sehen, bin ich außen vor", warf Ewald Schönfelder ein, „ich habe so mein Auskommen und bei einem Verkauf hätte ich auch profitiert. Also habe ich vom Tod meines Vaters keinen Vorteil."

„Oh doch, aber dazu kommen wir noch. Für Sie alle war Ihr Vater ein Hemmschuh. Statt das Unternehmen einfach in die Hände seiner Nachkommen zu legen und sich zurückzuziehen, wie man es in diesem Alter annehmen sollte, knebelte er Sie mit einem ungewöhnlichen Gesellschaftervertrag. Sie hatten zwar alle ein gutes Auskommen, aber nicht genug für Ihre Vorstellungen. Dazu kam noch die Sperrminorität, mit der Ihr Vater alle Entscheidungen Ihrerseits torpedieren konnte."

„Sie sehen ja selbst, dass er es uns unmöglich gemacht hat, das Unternehmen zeitgemäß zu führen", warf Wiedmann ein.

„Noch etwas stieß Ihnen allen übel auf. Ihr Vater installierte einen Aufsichtsrat, was an sich schon für diese Unternehmensstruktur ungewöhnlich ist, aber darin hatte seine Sekretärin auch noch Platz und Stimme und das lebenslang."

Dorothea Wiedmann sprang auf.

„Diese Schlange hat sich an ihn herangemacht und er hat in seinem fünften Frühling allem zugestimmt was sie verlangte. Mein Gott, mit vierundachtzig."

„Bleiben Sie bitte sachlich und nehmen wieder Platz. Wie Sie sehen, hatten Sie alle sehr wohl ein Motiv."

„Nein, ich nicht", meldete sich Gustav Schönfelder, „ich war ja auch gegen den Verkauf."

„Sicher waren Sie gegen einen Verkauf, aber ein Motiv hatten Sie trotzdem. Sie erfuhren kürzlich, dass Ihr Herr Vater vorhatte, mit einem englischen Unternehmen zu fusionieren. Das haben Sie mir gestern selbst bestätigt. Dabei hätte Frau Sievers, die Sekretärin, ihren Sitz im Aufsichtsrat behalten, aber Sie alle drei hätten ihn verloren und Sie wären nur noch leitende Angestellte gewesen. Das wiederum haben Sie mir verschwiegen."

„Das wäre auch mehr als ungerecht gewesen, wo ich mein ganzes Leben dem Unternehmen gewidmet habe."

„Sehen Sie, und es gibt noch mehr Motive. Kommen wir zu Ihnen", wandte sich Pieroth an Ewald Schönfelder. „Sie behaupteten eben, dass Sie kein

Motiv hätten, da Sie bei einem Verkauf auch profitieren würden."

„Genauso ist es."

„Nein, so ist es eben nicht. Sie hatten vor gegen Zahlung einer Leibrente die Firma zu verlassen. Diese Rente sollte allerdings noch höher ausfallen, als Ihr bisheriges Einkommen. Bei einer Fusion wären Sie leer ausgegangen. Ihre Leidenschaft, das Sammeln alter und wertvoller Bücher und ihren kostspieligen Lebenswandel hätten Sie dann wohl sehr einschränken müssen. Damit haben auch Sie ein Motiv."

Ewald Schönfelder sah betreten auf seine Fußspitzen.

„Zumal Sie ja jetzt erst, wahrscheinlich mit Blick auf den nun möglichen Geldsegen, eine Ausgabe der *Sidereus Nuncius* bestellt haben. Dieses Buch hätten Sie sonst nie bezahlen können."

„Woher wollen Sie das denn wissen?"

„Weil dieses Buch nicht unter einer Millionen Euro zu bekommen ist und so viel Geld haben Sie nicht. Kommen wir einmal zu Ihnen, Herr Wiedmann. Auch Sie hätten ein Motiv, obwohl Sie ja nur Angestellt sind."

„Da bin ich aber gespannt."

„Gestern hat Ihre Frau mir versucht weiß zu machen, dass Sie Gelder abgezweigt haben, um wichtige

Investitionen für die Firma zu tätigen."

„Das stimmt ja auch."

„Nein, das stimmt eben nicht. Sie haben im Namen des Unternehmens auf Guernsey eine Briefkastenfirma eröffnet, auf deren Konto reichlich Firmengeld geflossen ist und weiter transferiert wurde um so die Spuren zu verwischen. Wenn das herausgekommen wäre, hätte Ihr Schwiegervater Sie beide enterbt und wahrscheinlich sogar angezeigt. Ihre Beteiligung am Unternehmen wären Sie auch los gewesen. Wenn das kein Motiv ist."

Wiedmann war kreidebleich geworden und in seinem Sessel zusammen gesunken.

„Ich hab es dir gleich gesagt", maulte er seine Frau an, „die bekommen es heraus."

„Hör auf zu winseln."

„Ich habe niemanden ermordet. Das müssen Sie mir glauben, Herr Pieroth."

„Wenn ich glauben würde, ginge ich in die Kirche. Ich halte mich an Fakten. Nachdem wir nun festgestellt haben, dass jeder aus der Familie hier anwesenden ein Motiv hatte, kommen wir nun zu den Umständen des Todes Ihres Vaters."

Er wandte sich an Gustav Schönfelder.

„Sie hatten von Anfang an den Verdacht, dass Ihr Vater keines natürlichen Todes gestorben war. Daraufhin beauftragten Sie uns mit der Aufklärung, ob Ihr Verdacht gerechtfertigt war. Nach einigen Ermittlungen hatte ich genügend Material zusammen, um eine Exhumierung zu rechtfertigen. Ich schaltete Hauptkommissar Schumann ein, der alles entsprechende in die Wege leitete. Am vergangenen Mittwoch bestätigte das Ergebnis der vom Institut für Rechtsmedizin durchgeführten Autopsie Ihren Verdacht. Ihr Herr Vater starb keines natürlichen Todes."

„Ja woran ist er dann gestorben?", fragte Ewald Schönfelder erstaunt.

„An multiplen Organversagen."

„Aber das stand doch auch im Totenschein."

„Richtig, nur dass dieses Organversagen über einen längeren Zeitraum künstlich herbeigeführt wurde. Doktor Cornelius hatte recht, konnte die Ursache aber nicht wissen."

„Aber was reden Sie da? Wie sollte so etwas denn funktionieren?", fragte Wiedmann.

Pieroth blickte sich in der Runde um.

„Dazu kommen wir nun. Wir haben festgestellt, dass jeder ein Motiv hatte, sogar Frau Maurer."

„Was? Wieso ich?"

Sie war aufgesprungen und ihr Gesicht hatte die Farbe eines gekochten Hummers angenommen.

„Zum Testament des Verstorbenen gibt es einen

Zusatz neueren Datums, in dem er Ihnen dieses Haus hier mit Grundstück vermacht. Hat die Familie Ihnen das nicht mitgeteilt?"

„Was? Nein, davon wusste ich nichts", murmelte sie und ließ sich zurück auf ihren Stuhl fallen.

„Dann lassen wir das einmal so stehen und kommen zum *Wie*. Fast alle lebenswichtigen Organe waren mehr oder minder mumifiziert und stellten dadurch irgendwann zwangsläufig ihren Dienst ein. Außerdem wurden Anomalien am Gehirn festgestellt, die zu dem Gedächtnisverlust führten, den Sie ja auch teilweise bestätigten."

Alle starrten ihn ungläubig an.

„Aber wie konnte es dazu kommen? Selbst der Gerichtsmediziner hatte so etwas noch nie vorher gesehen. Nach übereinstimmenden Aussagen war Doktor Cornelius der einzig behandelnde Arzt in diesem Hause."

„Sie glauben doch nicht, dass er etwas damit zu tun hat", warf Gustav Schönfelder ein.

„Nein, natürlich nicht."

„Aber wenn sonst niemand hier war…"

„Es war aber noch jemand hier."

Er fixierte Ewald Schönfelder.

„Nicht wahr? Sie bestätigten mir gestern, dass Sie eine Heilerin für Ihren Vater beauftragt hatten."

„Ja, aber die kann doch damit nichts zu tun haben, oder?"

„Das Wissen und die Möglichkeiten hätte sie unter Umständen gehabt."

„Wieso hast so eine Hexe bestellt?", fuhr seine Schwester auf.

„Ich hatte etwas darüber gelesen. Über alternative Heilmethoden. Ich dachte, sie könnte etwas gegen seine Knochenschmerzen tun. Er hat ja verdammt darunter gelitten und ich wollte ihm nur etwas Gutes tun."

„Das glaube ich Ihnen sogar", sagte Pieroth und wandte sich an die Hausangestellte.

„Frau Maurer, hat Ihre Arbeitgeber von einem Erfolg dieser Heilerin gesprochen? Oder hat er etwas Negatives darüber geäußert? Diese Dame kam ja nun über drei Monate lang ins Haus und er ließ sich auch von ihr behandeln."

„Ja, er sagte mir in den letzten Wochen, dass er eine erhebliche Linderung seiner Beschwerden verspüren würde."

„Aha. Das kann es also nicht gewesen sein. Was aber war dann der Auslöser dieser seltsamen und sehr mysteriösen Todesursache?"

Pieroth sah in die Runde und alle starrten gebannt auf ihn.

„Ich will es Ihnen sagen", fuhr er fort.

„Als wir am Dienstag letzter Woche das erste Mal dieses Haus hier besuchten und uns umsahen, fand ich in der obersten Schublade in dieser Kommode hier neben mir einen seltsamen Gegenstand. Eine schwarze Kugel mit seltsamen Zeichen darauf, Zahlen und Buchstaben. An dieser Kugel befand sich ein Metallbügel an dem eine Schnur befestigt war. Mein Kollege Sommer war im ersten Moment der Meinung, dass es sich womöglich um ein Lot handeln könnte. Im Schlafzimmer fanden wir aber eine gleiche Kugel in der Schublade des Nachttischs. Beide Kugeln waren im hinteren Teil der Schubladen hinter den anderen Utensilien versteckt und konnten so nicht entdeckt werden. Ich hatte eine Vermutung, was es mit diesen Kugeln auf sich haben könnte und habe dazu einige Recherchen angestellt."

„Sie wollen uns doch jetzt nicht allen Ernstes erzählen, dass diese Kugeln unseren Vater umgebracht hätten, oder?", fragte Ewald Schönfelder.

„Doch, genau das will ich. Ich weiß nicht, ob Ihnen der Begriff Radiästhesie oder Radionik etwas sagt?"

Er sah fragend in die Runde, aber alle blickten ihn ausdruckslos an.

„Auch wenn hier alle so tun, als hätten sie keine Ahnung, jemand in diesem Raum weiß sehr genau, von was ich rede. So, nun zur Erklärung, damit auch alle anderen und der Herr Kommissar wissen um was es geht. Die Radionik wurde in den 1920er Jahren entwickelt und beruft sich darauf, dass allen physikalischen Objekten Schwingungen zugrunde liegen und bestimmte Objekte Strahlen abgeben, die unter anderem zu Heilzwecken genutzt werden können. Radionische Hilfsmittel sind zum Beispiel Wünschelruten, die Sie alle kennen, oder aber auch Pendel. Und um solche Pendel handelte es sich bei diesen Kugeln, die wir fanden. Ich habe mich intensiv damit befasst und herausgefunden, dass diese speziellen Pendel sogenannte Universalpendel waren. Die Striche darauf markieren die Meridiane und den elektromagnetischen Äquator, auf denen die Zeichen und Buchstaben die energetische Strahlung angeben, die bei entsprechender Einstellung abgegeben werden kann. Die Einstellungen werden mittels des Bügels vorgenommen, der an der Kugel montiert ist. Es gibt da diverse Einstellungen wie zum Beispiel Zeta, eine radioaktive Strahlung, oder Beta, eine Strahlung durch Wasseradern und es gibt eine Einstellung Grün minus. Diese Strahlung ist extrem gefährlich und nur von geübten Radiästhesisten zu verwenden. Nach Gebrauch muss dann der Bügel sofort wieder auf Grün plus zurückgestellt werden. Wenn man aber, wie hier geschehen, die Einstellung immer auf Grün minus lässt und das Pendel an exponierter Stelle positioniert, hat es auf Dauer diese verheerende Auswirkung auf den Organismus. Besonders bei kranken oder älteren Menschen. Hier wurden zwei Pendel an Stellen deponiert, an denen Herr Schönfelder die meiste Zeit verbrachte, wenn er zu Hause war. In diesem Sessel und in seinem Bett. Das Resultat ist bekannt."

Einen Moment lang herrschte betretenes Schweigen im Raum und Frau Maurer schluchzte leise vor sich hin. Dann brach Gustav Schönfelder das Schweigen.

„Finden Sie nicht, dass dies ziemlich nach Science Fiction klingt? Das ist ja absolut verrückt Wer sollte denn so etwas gemacht haben?"

Pieroth kostete den Moment weidlich aus bevor er antwortete und alle Augen waren auf ihn gerichtet.

„Sie Herr Schönfelder. Sie haben Ihren Vater damit umgebracht."

„Sie sind wohl verrückt", fuhr der Mann auf, „wie können Sie es wagen mich zu beschuldigen? Wie hätte ich denn so etwas überhaupt wissen sollen und war ich es nicht, der Sie beauftragt hat die Wahrheit herauszufinden?"

„Das gehörte alles zu Ihrem perfiden Plan. Radionik zählt zwar in Anführungszeichen *nur* zu den Parawissenschaften, war ihnen aber bestens bekannt, da Sie ein abgeschlossenes Studium in Radiotechnik und Elektronik haben. Ihr ganzes Leben lang hat Ihr Vater sie als nicht fähig befunden, seine Nachfolge anzutreten. Er hatte Sie sogar vor Zeugen als Weichling und Waschlappen bezeichnet. Dann kam die Zeit die Firma zu übergeben und statt Sie als Ältesten zum Geschäftsführer zu machen, mussten Sie sich den Posten mit Ihren Geschwistern teilen. Und damit nicht genug. Er verankerte in einem Knebelvertrag noch eine Sperrminorität für sich, sowie einen lebenslangen Sitz seiner Sekretärin in dem eigens gegründeten Aufsichtsrat. Sie waren nun zwar Geschäftsführer, aber ohne Entscheidungsbefugnisse. Das war es nicht, was Ihnen vorschwebte. Sie wollten einmal die Firma für sich alleine haben. Als Sie nun erfuhren, dass Ihr Vater vorhatte mit den Engländern zu fusionieren, war das zu viel und ein bösartiger Plan reifte in Ihnen, als Ihr Bruder diese Heilerin engagierte. Sie brauchten nun nur noch Geduld und die beiden Pendel. Den Rest erledigten die Zeit und die Strahlung. Um jeden Verdacht von sich zu wenden engagierten Sie uns. Sollten wir herausfinden, dass Ihr Vater ermordet wurde, würde der Verdacht auf alle anderen fallen und Sie wären fein raus. Wenn Sie nun die Pendel einfach dort ließen, wo sie waren und ich sie finden würde, hätten Sie mehrere Optionen. Entweder ich weiß nichts damit anzufangen, was einer persönlichen Beleidung meines Intellekts gleich käme, oder ich würde die Heilerin und Ihren Bruder verdächtigen. Damit hätten Sie einen Konkurrenten weniger. Zuletzt hätten Sie noch Ihre Schwester und Ihren Schwager angezeigt, da Sie wussten, dass beide größere Summen abzweigten. Damit hätten Sie Ihr Ziel erreicht und die Firma wäre ihnen alleine."

„Das können Sie gar nicht beweisen. Und wo sind denn die Pendel?"

„Doch das kann ich. Sie haben die beiden Universalpendel bei einer Frau Birgit Schulz in Weilburg gekauft. Sie ist Radiästhesistin und vertreibt diese Pendel, die in Polen hergestellt werden, exklusiv. Ich hatte mich vorgestern lange mit ihr unterhalten. Sie konnte sich noch sehr gut an Sie erinnern, da Sie Ihnen ausführlich die Funktionsweise und die Gefährlichkeit der Grün minus Strahlung erklären musste. Die beiden Pendel haben Sie einen Tag nachdem wir hier waren abgeholt."

„Die kann ja auch jemand anderes geholt haben."

Das klang nur noch wie ein letzter kläglicher Versuch.

„Nein, Frau Maurer beschwört, dass zwischen unseren beiden Besuchen nur einer hier war und das waren Sie. Es ist aus, Herr Schönfelder. Sie können ihn haben Schumann."

Seine Geschwister starrten ihn ungläubig an.

„Du wolltest uns alle in die Scheiße reiten?", schrie seine Schwester.

„Ich wollte nur, was mir zusteht. Nicht immer nur der Fußabtreter seiner königlichen Hoheit sein. Ihr wisst ja nicht wie das ist jeden Tag gedemütigt zu werden."

„Kommen Sie Herr Schönfelder", sagte Schumann und führte den Mann hinaus.

Die anderen verharrten in betretenem Schweigen.

„So meine Herrschaften, das war es. Nun wissen Sie Bescheid und können gehen."

Wortlos stand einer nach dem anderen auf und ging grußlos an Pieroth vorbei, ohne ihn eines Blickes zu würdigen.

„Ihnen, Frau Maurer, würde ich raten sich an den Notar der Schönfelders zu wenden, damit Sie ihr Erbe antreten können. Das Anwesen gehört nun rechtmäßig Ihnen."

Sie tupfte noch ein paar Tränen weg, bevor sie mit brüchiger Stimme antwortete.

„Vielen Dank, Herr Pieroth. Ich weiß gar nicht, was ich mit diesem riesigen Haus anfangen soll."

„Ich würde sagen darin wohnen, oder es verkaufen. Auf jeden Fall haben Sie etwas davon."

***

„Das kann ich mir überhaupt nicht vorstellen", meinte Sommer, als sie beim Abendessen saßen.

„Was kannst du dir nicht vorstellen?"

„Na das mit den Kugeln. Das so etwas überhaupt möglich ist."

„Tja mein Lieber, es gibt viele Dinge zwischen Himmel und Erde, die wir nicht verstehen, oder von denen wir nichts wissen. Die Natur hält noch viele Überraschungen für uns bereit. Wir müssen nur wieder lernen auf sie zu hören."

Epilog

Die Radiästhesie oder Radionik wurde in den 1920er Jahren in den USA begründet und wird heute leider immer noch den Pseudowissenschaften oder Parawissenschaften zugeordnet.

Ein Bestandteil der Radiästhesie ist das Auffinden durch Krankheit gestörter Energiefelder und deren Heilung mittels spezieller Pendel.

Eines dieser Pendel ist das im Text beschriebene Universalpendel.

Es ist im weitesten Sinn ein radionisches Gerät zur Normalisierung der menschlichen Aura. Die Wirkung ist zwar medizinisch nicht anerkannt, jedoch vielfach nachgewiesen.

Dieses Pendel dient auch zur Steigerung der Sensitivität und zur Verbesserung der energetischen Zusammenhänge im feinstofflichen Bereich.

Dieses Pendel sollte nur von erfahrenen Radiästhesisten verwendet werden und nach der Nutzung im Grün minus Bereich umgehend wieder auf Grün plus umgestellt werden, da es sonst zu starken gesundheitlichen Schäden kommen kann. Die im Text geschilderte Mumifizierung ist im Extremfall tatsächlich auch möglich.

***

Das im Text erwähnte Buch *Sidereus Nuncius* wurde von Galileo Galilei verfasst und im Jahr 1610 in lateinischer Sprache in Venedig gedruckt.

Die Auflage von etwa 550 Exemplaren wurde in der Werkstatt von Thomas Baglioni hergestellt.

In dieser Schrift beschreibt Galileo erstmals seine Himmelsbeobachtungen, die er durch ein so genanntes *Holländisches Fernrohr* gemacht hat.

***

Die Reiki Lehre wurde Anfang des zwanzigsten Jahrhunderts in Japan durch Usui Mikao begründet.

Reiki ist eine Form der Energiearbeit durch Auflegen der Hände und spezieller Arbeit mit Symbolen.

Die Handlung und alle handelnden Personen sind frei erfunden. Übereinstimmungen mit tatsächlich existierenden Personen oder Ereignissen, wären rein zufällig.

Alle genannten Lokalitäten sind ebenfalls erfunden und daher habe ich bewusst auf die Nennung genauer Adressen verzichtet. Mögliche Ähnlichkeiten sind nicht ausgeschlossen, aber wären auch rein zufällig.

Bisher sind bei tredition folgende Mühlheim Krimis um den ungewöhnlichen Privatermittler Henry A. Pieroth erschienen:

Tod im Kreis
Ein Mühlheim Krimi
September 2016

Privatdetektiv Henry Pieroth erhält den Auftrag den Mörder eines Mädchens zu finden. Er ahnt nicht, dass dieser Mord erst der Anfang einer Serie von äußerst bizarren und grausamen Morden ist, welche die sonst so friedliche Kleinstadt Mühlheim am Main in Angst und Schrecken versetzt und bei der eine spätmittelalterliche Dichtung eine große und tragende Rolle spielt.

Ein äußerst spannender Mühlheim Krimi um einen besonders perfiden Fall.

Matt

Ein Mühlheim Krimi
November 2017

Ein Junge wird auf seinem Schulweg entführt und es tauchen an verschiedenen Stellen in der Stadt Nachrichten auf, die auf eine Verbindung zum Fall des Höllenkreis Mörders schließen lassen. Detektiv Henry Pieroth sucht, zusammen mit Hauptkommissar Schumann, verbissen nach einer Lösung. Was aber anfänglich noch wie ein perfides Spiel aussah, nimmt plötzlich eine dramatische Wendung an, als Pieroth persönlich herausgefordert wird.

Der zweite spannende Fall für den ungewöhnlichen Detektiv Henry A. Pieroth.

Die Kommissar Marek Reihe von Volker Jochim
bei tredition

Das Rätsel des Priesters
Kommissar Marek und die Mystik
April 2019

Eine mysteriöse Frau bittet Marek um Feuer. Am nächsten Morgen wird diese Frau tot über einem Grabstein hängend auf dem alten Friedhof von Caorle gefunden. Der Priester der sie fand weiß offenbar mehr, als er sagen kann. Er gibt Marek ein geheimnisvolles Rätsel auf. Wenn er in der Lage sein sollte dieses Rätsel zu lösen, würde er auch den Fall lösen können. Doch es geschehen noch mehrere seltsame Morde, die alle offenbar in einem Zusammenhang stehen, bevor Marek der Sache auf die Spur kommt.

Aus der Kommissar Marek Reihe sind bei tredition bisher erschienen:

Kommissar Mareks trügerische Idylle
Kommissar Marek wandert aus
Überarbeitete Neuauflage / November 2008/März 2016

Dreikönigsfeuer
Kommissar Marek stößt an Grenzen
April 2016

Der letzte Kreis der Hölle
Kommissar Marek kommt ins Grübeln
Dezember 2015

…des die Rache ist
Kommissar Mareks fünfter Fall
Januar 2017

Nolde sehen und sterben
Kommissar Marek und die Kunst
März 2018

Das Rätsel des Priesters
Kommissar Marek und die Mystik
April 2019

Weiter sind von Volker Jochim bei tredition erschienen:

Der Tote vom 8. Loch
Ein Oxford Krimi
Juli 2018

Detective Sergeant Tyler Holmes von der Oxforder Polizei wird nach Woodstock, einem kleinen Ort in Oxfordshire, strafversetzt. Gleich an seinem zweiten Arbeitstag findet man auf einem Golfplatz in der Nähe eine übel zugerichtete Leiche. Sein bisheriger Vorgesetzter, DCI Cooper, übernimmt den Fall. Der Tote wird als Eigentümer des Herrenhauses „Woodstock Manor" identifiziert, doch Holmes glaubt nicht daran und ermittelt mit seinen neuen Kollegen auf eigene Faust weiter. Für ihn gibt es noch zu viele offene Fragen. Zum Beispiel warum der Tote ausgerechnet am achten Loch platziert wurde. Das muss eine Bedeutung haben, glaubt Holmes. Bei seinen Ermittlungen wird er mit einem älteren Fall konfrontiert. Gibt es da eine Verbindung zu dem Toten vom Golfplatz?

Das September Komplott

Thriller
Juni 2017

09/11 – diese Zahlen haben sich unauslöschbar in das Bewusstsein der ganzen Welt eingegraben. Aber was geschah an diesem 11. September 2001 wirklich?
Dieser spannende Roman schildert die unglaublichen Ereignisse aus der Sicht eines investigativen Journalisten, dem es mit seinem Team gelingt, die Hintergründe eines gigantischen Komplotts aufzudecken, das bis in höchste Regierungskreise reicht und der dadurch in Lebensgefahr gerät.

Ist das die Wahrheit hinter der Wahrheit?

Nied Blues

Ein Frankfurt Krimi
Überarbeitete Neuauflage / September 2015

Die Nacht zu Fastnachtssamstag. Eine schwarz gekleidete
Gestalt mit einem auffallend weißen Gesicht eilt durch den
Nebel, der von Main und Nidda kommend, in die Straßen
des Frankfurter Stadtteils Nied zieht. Kurz darauf wird
diese Gestalt auf der Treppe an der Wörthspitze ermordet
aufgefunden. Kommissar Keller, ein kauziger, wortkarger
Mann, der wegen seiner unkonventionellen Methoden bei
seinem Dezernatsleiter schon lange in Ungnade gefallen
ist, muss mit den Ermittlungen beginnen, bekommt den
Fall am nächsten Tag aber wieder entzogen. Ein junger
Hauptkommissar übernimmt und präsentiert kurz darauf
einen Verdächtigen – einen Künstler, der die Tote als letzter gesehen hatte. Heimlich ermittelt Keller mit seinem
Assistenten Petersen weiter und kommt zu dem Schluss,
dass das Motiv dieses Mordes weit in die Zeit des zweiten
Weltkrieges zurückreicht. Der Fall nimmt eine für alle
völlig überraschende Wendung.

Ein spannender Frankfurt Krimi mit historischem Hinter-
grund.

Gib mir das Gefühl zurück

Novelle
Überarbeitete Neuauflage / September 2015

Ein Mann erfährt bei einem Besuch seiner Heimatstadt vom Tod seines Jugendfreundes, mit dem er auch in der 68er Bewegung aktiv war, bevor sich ihre Lebenswege trennten. Überrascht davon, wie sich sein Freund von einem überzeugten Kommunisten zu einem Unternehmer wandelte, arbeitet er, zusammen mit der Witwe seines Freundes, die Vergangenheit auf.

Auf einfühlsame und doch unterhaltsame Weise, wird hier der 68er Generation ein Spiegel vorgehalten.

Zeitfracht Medien GmbH
Ferdinand-Jühlke-Straße 7
99095 Erfurt, Deutschland
produktsicherheit@kolibri360.de